때로는 행복 대신 불행을 택하기도 한다

김진명 에세이

ETA BOOKS

왜 그렇게 잘 돌아가는거요?

그렇게 잘 돌아가서야 쓰겠소?

그토록 일이 잘되는 데는 필시 문제가 있을 거요.

이것이 인문학이다.

그들은 아름다웠다

역사 속 이야기를 찾아서

시간의 흐름 속에서

내면의 힘을 키워라

■ 작가의 말

"말하라. 그대를 위하여 무엇을 해줄까. 나는 세계의 정복자 알렉산더다!" 하고 외친 알렉산더에게 "대왕이시여, 해를 가리지 말고 비키시오."라고 대답할 수 있었던 디오게네스. 나는 이런 내면의 힘을 권유하고 싶다.

어머니의 믹서

어릴 적 우리 집에는 믹서가 있었다.

당시만 해도 집에서 쓰는 전기용품이라고는 전등이 다였던 시절이라 믹서라는 신기한 기계는 동네 사람들을 깜짝 놀라게 했다.

어머니가 믹서에 콩을 갈거나 할 때면 으레 몇몇 아주머니들이 구경하러 왔고 어머니는 그들 앞에서 우아한 동작으로 믹서의 스위치를 누르곤 하였는데 어머니의 그 귀부인 같은 표정은 지금도 나의 뇌리 한편에 남아있다.

믹서는 나에게도 자랑거리였다.

어머니는 반 친구들이 집에 놀러 오면 이따금씩 믹서를 꺼내 사과를 갈아주었는데 믹서에 갈려 유리잔에 담겨 나온 사과주스는 다음 날 학교에서 화젯거리가 되곤 했고 그 모든 이야기들이 나의 어깨를 으쓱하게 했음은 물론이다.

그런데 이상한 일이 있었다.

미술 시간이 되면 나는 스케치북이 없어 벌을 받곤 했던 것이다.

대개 한 반에 대여섯 명 정도만 스케치북을 가지고 있었고 나머지 거개의 가난한 아이들은 도화지 한 장을 책상 위에 꺼내 놓았는데 그 도화지마저 사 올 형편이 안 된 아이들은 선생님께 불려 나가 모질게 매를 맞았다.

어머니는 무슨 이유에선지 스케치북 대신 그때그때 도화지를 사주었는데 믹서를 가진 부잣집 아이인 나는 도화지 한 장만 달랑 내놓기가 너무나 싫었다.

그래서 나는 어머니가 준 도화지를 아무도 몰래 버리고 마치 스케치북을 잊고 안 가져온 양 웃으며 벌을 받았다.

어느 새벽 잠결에 들려온 목소리는 너무나 반가웠다. 드디어 돈 벌러 가셨던 아버지가 돌아온 것이었다. 그토록 기다리던 아버지였지만 나는 서먹한 기분에 뒤척이는 척만 했는데 나의 기색을 눈치챈 아버지가 나를 안아 올리자 그만 앙 하고 울음을 터뜨렸다.

"아버지, 스케치북 사줘! 오늘 미술 시간에 매 맞는단 말이야."

　그날 아침 등굣길에 아버지는 나를 국제시장에서도 가장 큰 화구점에 데려가 스케치북, 크레파스, 파스텔, 물감, 포스터컬러 등 온갖 미술용품을 다 사주셨다. 한결같이 미대생들이나 씀 직한 최상품이었다. 이젤까지 사주시려는 걸 겨우 말렸던 것도 같다.

　나는 이걸 학교 앞 문방구에서 샀으면 더 자랑스러웠을 거라고 생각하며 아버지에게 손을 내밀었다.

　"아버지, 용돈."

　평소 용돈을 참 잘 주는 아버지인 데다 오랜만에 돌아왔으니 만치 나는 오 원짜리 동전이나 심지어는 십 원짜리 종이돈까지도 기대했다.

　그러나 아버지는 용돈을 주지 않은 채 선선히 웃었다.

　"이제 학교 가렴."

　"응, 근데 용돈 한 푼 줘."

　나는 계속 보챘으나 결국 일 원짜리 하나도 받지 못했고 학교로 가는 내내 아버지를 미워했다. 몇천 원어치도 넘게 미술 도구를 사주면서 오 원짜리, 아니 내가 양보하고 양보했던 일 원짜리 하나 안 주던 아버지가 얼마나 미왔는지 모른다.

　세월이 흘러 인생의 영고성쇠를 겪을 만큼 겪고 난 어느 날 문득 그날의 기억이 떠올랐다. 선선히 웃으며 나를 먼저 내보내고는 화구점에 남았던 아버지. 그날 아침 굳이 양복을 꺼내 입었던 아버지의 주머니에는 미술 도구 값은커녕 일 원짜리 동전 한 닢도 없었다는 걸 깨닫기까지는 시간이 너무 많이 걸렸다.

　그 밖에 또한 당신이 집을 비울 긴 세월, 가난할 수밖에 없는 아내가 괄시받지 않도록 남기고 간 배려였던 것이었다.

성공의 꿈

고등학교를 마쳐갈 무렵 나는 아버지께 미국행 편도 항공권과 한 달간 기숙할 비용을 달라고 요구했다.

"아버지, 저는 배워야 할 것은 고등학교에서 다 배웠습니다. 이제 저는 미국으로 가겠습니다. 한국은 너무 작습니다. 한국에서는 고작 몇백억 혹은 몇십억 벌면 성공이지만 미국에서 저는 억대가 아닌 조대의 성공한 사업가가 되어 돌아오겠습니다."

"무얼 할 작정이냐?"

"일단 한 달 동안 관찰하고 연구하겠습니다. 처음엔 접시를 닦는다든지 발을 붙이기 위해 뭐든 할 생각이지만 결국에는 자리 잡고 성공할 자신 있습니다."

"안다. 너는 머리 좋고 뭐든 한번 한다면 하니 반드시 성공할 거다. 그것은 분명하다."

"성공하지 않으면 돌아오지 않겠습니다."

"그런데 진명아, 대학을 졸업하고 갈 수도 있지 않을까.

고등학교만 졸업하고도 할 수 있는 성공이 대학을 졸업한다 해서 불가능하진 않을 거 아니냐."

이 말씀에 틀린 게 없다고 판단되어 나는 미국행을 대학 졸업 후로 미룬 채 그냥 대학에 들어가기로 했다. 당장 가든 대학을 마친 후에 가든 나는 성공할 거라는 강한 자신감이 있었으니까.

그런데 그 판단이 오류였다는 것을 대학에 들어간 지 일 년쯤 후 깨달았다. 일단 대학을 제대로 다니면 내가 꿈꾸었던 그런 성공은 도저히 거둘 수 없다는 걸 난 미처 몰랐던 것이었다.

아마 내가 그때 대학을 가지 않고 그냥 미국으로 갔으면 나는 거대한 성공을 거두었을 것이다. 나는 무엇이든 할 각오였고 남이 내 얼굴에 가래침을 뱉는다 해도 웃으며 악수를 청한 후 그를 가장 가까운 친구로 만들 자신감 또한 있었다. 어떤 사업을 벌이든 손님을 100% 만족시킬 각오도 되어있었고 성공의 그날까지는 하루 두 시간씩만 잠을 잘 수도 있었다.

그러나 나는 대학을 다니면서 이 모든 자신감과 각오와 성공을 향한 꿈, 아니 심지어는 성공 자체를 싫어하게 되었고 그 배경에는 독서가 있었다.

대학에 들어가면서 나는 한 가지 결심을 했다. 이 세상의 모든 책을 다 읽어보자는 것이었다.

그래서 나는 학교 도서관이 문 열 때 들어가 문 닫을 때 나오곤 했는데 당시 나처럼 도서관에 하루 종일 있는 사람들은 한결같이 고시 공부를 하는 사람들이었다. 도서관에서 살다시피 하다 보니 서로 얼굴을 알게 되었는데 그들은 내가 문학이나 사회 과학, 철학, 물리학 등의 서적을 닥치는 대로 읽는 게 신기한 모양이었다.

도대체 저런 쓸데없는 짓을 왜 하나 하는 표정이었지만 반대로 나는 그들이 이해되지 않았다. 이 넓고 넓은 지식의 보고인 도서관에서 수천 년을 쌓아온 인류의 역사와 사상을 완전히 외면한 채 좁은 고시 공부에만 매달리고 있는 인생이 측은하기만 했던 것이다.

이때 이후로 나는 나의 두 아들이 도서관에 가서 학교 공부를 한다 하면 별로 반기지 않는다. 아이들은 이게 이상한 모양이지만 인류의 위대한 유산인 도서관에 가면 공부를 하는 게 아니라 책을 읽어야 맞는다는 게 나의 생각이다.

사실 인간에게 독서 이상의 양식은 없다. 독서는 단순히 정보와 지식을 얻는 게 아니다. 사람은 독서를 하는 가운데 세상을 보는 시각이 넓어지고 인내심이 키워지기 마련이며 자아실현이 되고 있다는 강한 만족감을 얻는다. 게다가 독서는 세상에 대한 자신감과 스스로의 자존감을 키워주며 자신의 삶과 행위들에 의미를 부여하게 해주기 때문에 한마디로 내면을 강화하는 최고의 길이다.

나는 다양한 독서와 이에 따른 사색을 하면서 그전에 그토록 집착했던 물질적, 세속적 가치를 떠나 이 세상의 가장 우수하고 현명한 사람들이 매달렸던 문제들에 빠져들었다. 나는 누구냐, 어디서 와서 어디로 가느냐, 무엇이 옳으냐, 무엇을 할 것이냐 등을 늘 생각하며 어린 나이였음에도 정신의 지평이 크게 넓어졌다.

세상에는 돈을 많이 버는 성공도 있지만 정반대로 돈을 적게 벌고 남는 시간과 열정을 다른 의미 있는 일에 쏟는 성공도 있으며 남에게 인정받는 행복 대신 오히려 남의 시선에서 사라지는 행복도 있다. 그리고 한 권의 책을 들고 벤치에 앉는 소박함이 파티에서 모두의 칭송을 받는 화려함 못지않게 큰 기쁨을 준다.

고등학교 졸업 무렵의 내가 외면의 성공만을 알았다면 대학 졸업 무렵의 나는 내면의 세계를 찾아냈다. 나는 그 안에서 삶의 진정한 의미와 심지어는 모자람의 기쁨도 누릴 줄 알게 되었던 것이다.

가난한 날의 기억

군사 독재 시절의 일이다. 형이 불의의 죽음을 당하고 난 후 아버지는 삶의 의욕을 완전히 잃고 3년간 안주도 없이 폭음을 하다 파산에 이르렀다. 나도 아버지 회사에 몇 건의 보증을 섰던 터라 집도 잃고 무일푼의 처지가 되어 있었는데 어느 날 아버지로부터 한 통의 전화를 받았다.

"진명아, 같이 점심이나 먹자."

"그런데 아버지, 저 점심값 없어요."

"내게 우연히 만 원 생겼어."

우리는 예전에 살던 충무로 대한극장 앞에서 반갑게 만나 길 건너 골목으로 갔다. 백반을 전문으로 하는 그 골목의 한 허름한 식당에 들어간 아버지와 나는 이마를 찌푸린 채 메뉴를 신중히 살폈다. 아버지가 가진 돈이 딱 만 원이었으므로 우리는 숙고 끝에 4천 원짜리 생선구이, 같은 가격의 김치찌개, 그리고 소주 한 병을 시켰다. 당시 소주 한 병이 2천 원이었으므로 우리는 아버지가 가진 만 원을 꽉 차게 사용한 것이다.

식사는 그전까지의 어느 특급 호텔 뷔페보다 황홀했고 소주 반병조차 더 시킬 돈이 없던 터라 그날의 참이슬은 그야말로 신의 물방울이었다. 소주 한 병에서 일곱 잔이 나오므로 각자 석 잔씩 마신 후 반 잔씩 더 마시면 사이 좋은 부자가 될 터이고 내가 석 잔 마신 후 술잔을 밀어 놓고 아버지가 넉 잔 드시게 하면 그런대로 자식의 작은 예를 갖추는 모양이 될 것이었다.

나는 겉으로는 아버지와 즐거운 담소를 나누고 있었지만 사실 속으로는 주인이 술병을 가져와 식탁에 놓을 때부터 그 계산을 하다 결국 아버지께 넉 잔 드리기로 마음을 굳혔다.

그런데 아버지는 두 잔 반을 마시고는 남은 반 잔을 앞에 둔 채 무언가 열심히 얘기했는데 그 얘기가 길어 내 맘속 술잔 배분의 규칙성이 단절되어 버렸다. 축구에 전반전이 있고 후반전이 있듯이 아버지의 얘기가 끝난 후의 식탁은 마치 술자리를 막 시작하는 듯한 분위기가 되었고 순간 나는 자신도 모르게 술병에 남아있는 술을 전부 내 잔에 따르고는 눈높이로 들었다.

"내 아버지 건강을 위해!"

나는 꽤 크게 외치고는 술잔을 입에 털어 넣고 말았다. 가슴이 찔렸지만 아버지가 기쁜 표정으로 건배하며 남은 반 잔의 술을 마시는 걸 보고는 위안을 삼았는데 사실 이 위안이란 배반되고 모순된 자기합리화일 뿐이었다. 여하튼 즐거웠던 시간은 살같이 지나가고 아버지와 나는 마지막 남은 김치찌개 국물까지 말린 후 자리에서 일어났다.

돈을 내야 하는 아버지가 앞에 서고 나는 뒤를 따라 계산대 앞으로 갔는데 주인의 인사가 묘했다.

'만 원입니다!' 해야 할 사람이 "감사합니다, 안녕히 가십시오!" 하는 게 아닌가. 하지만 그 차이가 뭐 그리 의미 있는 건 아닐 터였다. 먼저 인사를 하고 돈을 받는다 해서 이상할 것도 없고 먼저 인사를 했다고 돈을 내지 않고 나갈 수 있는 것도 아니었다. 그런데 아버지로부터는 전혀 예상할 수 없었던 의외의 반응이 터져 나왔다.

"수고하라!"

아버지는 더없이 근엄한 한마디를 남기고는 계산대 앞을 쓱 지나쳐 출입문을 열고 나가버리는 것이었다.

"아버지!"

나는 황급히 아버지를 불러 세웠으나 아버지는 뒤도 안 돌아보고 식당을 나서서는 여유 있게 걸음을 옮겼다. 나는 '돈 안 냈잖아요!' 하고 외치려다 알 수 없는 예감에 휩쓸려 입을 꾹 다문 채 아버지의 뒤를 따라 발걸음을 옮겼는데 뒷덜미가 무척 당겼다.

무언가 생각하는 듯 땅을 보며 천천히 걸음을 옮기던 아버지는 큰길에 닿은 모퉁이를 돌자마자 갑자기 경보 선수처럼 빠른 걸음으로 지하도로 쑥 들어가 버렸고 나는 황급히 아버지를 쫓았다.

잠시 후 우리는 길 건너편에서 세상이 떠나가라 웃어젖혔다. 몇 년 만의 큰 웃음이었다.

"아버지, 엄청 변하셨네요! 그리고 그 순발력 감동이었어요!"

자존심이 강철 같아 어떤 희생을 치르더라도 명예에 누가 되는 일은 절대 하지도 당하지도 않는 아버지였다. 나는 아버지가 자기모멸감에 빠질까 봐 계속 흰소리를 처댔다.

아버지는 그 소중한 만 원을 꺼내 노점에서 담배를 두 개비 샀다. 그러고는 십 분이 넘는 실랑이 끝에 남은 돈 9,800원 모두를 내게 안기는 것이었다. 한사코 안 받으려 했고 반씩 나누자고도 하였으나 아버지는 기어코 백 원도 에누리 없이 자신의 뜻을 관철했다. 담배를 단 두 개비만 사던 그 낯설고 낯선 모습이 나의 저항을 완전 무력화시켰다.

"다음에 가서 백만 원 갚아라."

내가 돈을 받자마자 만면에 환한 웃음을 떠올리며 멀어져 가는 아버지의 모습에 나는 돈을 으스러져라 움켜쥐었다.

훗날 그 식당에 가 십만 원을 내밀었을 때 주인은 기억이 나지 않는다며 만 원만 받았다.

합창단의 기억

고등학교에 입학하고 며칠 후 학우들끼리 빨리 가까워지게 하려는 목적이라며 반 대항 합창 대회가 시작됐다. 음악 선생님은 목소리가 굵직한 성악가 출신이었는데 워낙 열성이라 음악 시간뿐만 아니라 수시로 교실에 들어와 지도를 하셨다. 어느 날 우리 반에 들어온 선생님은 노래를 듣다 고개를 갸웃하더니 갑자기 특유의 경상도 사투리로 소리쳤다.

"이쭈, 반만 해봐."

다시 손짓과 더불어 반을 중지시키고, 또 반을 중지시키니 마지막에는 우리 줄만 남았다.

"이 줄만 해봐."

그리고 마지막으로 선생님은 나를 가리켰다.

"니만 해봐."

처음부터 왠지 예감이 안 좋았던 나는 결국 일어나 독창으로 불렀고 내 노래를 몇 소절 듣지도 않던 선생님은 도둑놈 잡아낸 형사처럼 의기양양한 표정으로 말했다.

"니구나! 니는 앞으로 입만 벌리고 소리는 내지 마라. 그 대신 입은 크게 벌려야 돼."

사춘기 전후의 한창 예민한 시기라 나는 부끄러움이 극에 달해 얼굴이 발개졌고 급우들은 웃음을 터뜨리고 말았다.

그 후 며칠간 몸살을 앓던 나는 음악 시간이 되어 선생님을 다시 보게 되자 자리에서 벌떡 일어났다.

"선생님, 이 합창 대회를 하는 목적이 급우들이 빨리 친해지도록 하는 데 있다 하지 않았습니까?"

"하모."

"급우들 간의 단결과 조화가 1등 하는 것보다 중요하단 얘기 아닙니까?"

"하모!"

"그런데 저는 참여조차 못 하고 입을 다물고 있어야 한다면, 또 그걸 숨기기 위해서 입은 붕어마냥 뻐끔뻐끔 벌려야 한다면, 그것도 크게 벌려야 한다면 설사 1등을 한다 한들 무슨 의미가 있을지 모르겠습니다."

사실 내가 가장 화가 났던 건 소리를 내지 말라는 것보다 입을 크게 벌리라는 주문이었다. 합창할 때 입을 크게 벌리는 게 얼마나 힘든지 아는 사람은 알 것이다.

선생님은 의외였는지 잠시 말을 잊고는 나를 물끄러미 바라보았다. 이에 나는 한층 더 용기를 얻어 제법 현학적 주상을 전개했다.

"이 대회는 미숙하면 미숙한 그대로 참여해 급우들의 이해와 도움 속에서 조금이라도 성장하는 게 그 참된 의미입니다. 그러한 진실이 저 한 사람의 침묵을 강요해 1등을 하는 거짓보다 훨씬 가치 있는 일이자 합창 대회의 목적에 부합하는 일일 겁니다."

나는 며칠간 생각한 말을 열정적으로 토해냈다. 그러고는 스스로도 흡족해 의기양양한 눈길을 선생님의 얼굴에 직선으로 꽂았다. 과연 선생님은 미처 생각지 못하다 나의 직격탄을 맞았는지 고개를 크게 끄덕이며 잠시간 대답할 말을 찾는 듯했다. 내가 며칠 전의 부끄러움을 자랑스러움으로 완전히 대치하며 급우들의 얼굴을 하나씩 훑을 때 선생님의 대답이 들려왔다.

"알아, 내 니 마음 다 알아. 다 이해한다니까. 사실 나도 그러고 나서 마음이 펜하지는 않았어. 또 머라캤나, 거짓의 1등보다는 진실의 꼴등이 낫다 그랬나, 그 말도 참 멋

있다."

항복 선언과도 같은 선생님의 말에 나의 승리감이 최고조에 달한 바로 그 순간 마지막 한마디가 천둥처럼 나의 귀청을 때렸다.

"하지만 니는 절대로 소리를 내면 안 된다는 내 생각에는 변함이 없다. 니는 너무나 중증이란 말이야! 중증!"

나는 눈을 감고 말았다.

장모의 냉장고

장모는 팔순을 넘기고 혼자 되셨을 때 대용량 냉장고를 두 개 더 사셨다. 원래 하나 있던 것까지 하면 초대형 냉장고를 세 개나 가지신 것이다. 그리고 그 커다란 냉장고에 값싼 식료품을 마구마구 채워 넣으셨다. 얼마나 가득 채웠는지 그 안에 있는 걸 한번 꺼내려면 모든 식품을 다 꺼냈다 도로 차곡차곡 쌓아야 할 정도였다.

그런데 더욱 큰 문제는 그 안에 뭐가 있는지도 모르고 계신다는 것이고 가장 심각한 문제는 냉장고가 가득 차 있다는 사실을 통째로 망각하시는 것이었다. 그러다 보니 냉장고 안에서 상하는 식품들이 생겨 딸과 며느리가 정기적으로 찾아가 냉장고 정리를 해야만 했다.

처의 하소연을 듣고 이런 사실을 알게 된 나는 그 행위를 일종의 병으로 규정하고는 프로이트식으로 분석해 보았다. 즉 현재의 이상스러운 행동을 파악하기 위해 살아오는 동안 어떤 트라우마가 있었는지를 살피는 것이다.

그러다 나는 언젠가 장모로부터 들었던 크리스마스 이야기를 생각해 냈다.

장모는 크리스마스를 지긋지긋하게 싫어하셨는데 그이유는 크리스마스가 되면 사람들이 자연스럽게 케이크 상자를 전달할 수 있었기 때문이다. 건설부 주택국장이었던 장인에게는 크리스마스가 되면 헤아릴 수 없을 만큼 많은 크리스마스 케이크가 쇄도했는데 문제는 그 케이크 상자 안에 케이크는 없이 현금다발이 버젓이 도사리고 앉았던 것이었다.

크리스마스 케이크만이 아니라 추석이나 설에 들어오는 사과 상자도 마찬가지였고 그중 하나라도 받으면 장모는 장인으로부터 호된 질책을 받곤 했다. 가져오는 선물을 받기는 쉬워도 받은 선물을 돌려주는 일은 너무도 힘들다 보니 장모는 아예 모든 선물을 다 거부할 수밖에 없었다. 혹 누군가가 도저히 거부할 수 없는 방법으로 선물을 놓고 가기라도 하면 장인의 호통으로 명절 분위기를 다 망치곤 했기 때문에 장모는 필사적으로 선물을 거부하였던 것이다.

그러고 보니 장인, 장모가 딸을 내게 시집보내실 때 퇴직금을 가불 받아 혼수를 마련하셨던 기억이 떠올랐다. 당시는 정부가 작아 국장이라는 자리가 지금과는 비교할 수 없을 정도로 고위직이었고 재무부나 국세청, 건설부는 과장, 계장만 되어도 큰 재산을 모은다는 시절이었다. 건설부에서도 가장 노른자위인 주택국장을 하시면서도 그렇게 사셨다는 것에 나는 크게 놀랐었다.

언젠가 장인이 계면쩍은 표정으로 국회의원들 전화는 아예 받지도 않았고 국회의장이 전화해 부탁한 것도 들어주지 않았다 말씀하셨던 적이 있었는데 내가 따라간 휴가지에서 애써 호텔을 외면하고 민박집을 힘들게 찾으실 때라 사위에게 민망하셨던 모양이었다.

장인은 퇴직 후에 동료들에 비해 연금 수령액이 상당히 적었는데 그게 혼수 마련하느라 퇴직금을 가불 받은 탓이어서 나는 두고두고 유감스러웠다. 당시 처를 통해 절대 혼수를 하지 마시라 전하였지만 빠진 것 하나 없이 보내오셨던 걸 떠올리며 자식이 홀대받을까 봐 염려하셨던 그 마음이 짠하게 전해졌었다.

여하튼 이런 삶의 기억은 장모의 내면에 깊이 아로새

겨졌을 것이었다. 한순간만 눈감으면 더없이 풍족한 삶을 살 수 있음에도 부족한 봉급에 허덕이며 세 아이를 키우느라 한평생 가난을 마주해야만 했던 인생. 어떻게 벌었든 간에 결과적으로 돈을 가졌다는 사실만이 삶을 지배하는 이 시대에 누구 하나 알아주는 사람 없이 빈곤에 시달리며 겉으로는 의연해야만 했던 트라우마. 그것이 장인이 돌아가시자 밖으로 배어 나오기 시작했다는 결론을 나는 내리게 되었다.

그 후 나는 장모를 만날 때마다 장인의 떳떳한 삶을 설파하였고 장모는 눈물을 흘리며 공감하고 비슷한 일화들을 쏟아내시긴 하셨으나 이런저런 싸구려 식품으로 냉장고를 꽉꽉 채우는 행위는 결코 멈추어지지 않았다.

그러던 어느 날 나는 작정하고 제법 근사한 식품으로 장모의 냉장고를 채워드리며 돌아가시면 냉장고를 천국으로 배달시켜 드리겠다 하였다.

그 말에 너무나 좋아하시면서 어린애처럼 해맑게 웃으시던 장모의 모습이 아련히 떠오른다.

군대 가던 날

군대 가기 하루 전날, 나는 오전 11시 무렵 그녀를 만났다. 그 무렵의 어느 날처럼 우리는 퇴계로 3가의 대한극장 앞에서 만났고 길 건너편의 식당 골목으로 걸어 들어가서는 백반인지 갈비탕인지 늘 먹곤 하던 메뉴를 시켜 점심을 먹었다.

약간 잘난 척하기 좋아하던 나는 밥을 먹으면서 니체의 짜라투스트라 얘기를 꺼냈고, 마치 시와도 같은 그 수려한 문장들을 통해 니체는 신이 없어져 버린 이 세상을 초인의 의지로 살아가리라 하는 결의를 내보였으며, 그 초인이란 슈퍼맨이 아니라 허무주의를 자신의 의지로 극복하는 참인간이라는 뜬구름 잡는 얘기를 한참이나 하였다.

나는 박박 깎은 머리를 그녀에게 보이고 싶지 않았으

므로 논산 훈련소 앞에 가서 머리를 깎기로 한 데다 당시는 교통 등 모든 사정이 확실하지 않았으며 입소 시각을 못 맞추면 큰일 나던 시절이기도 하여 그날 오후에는 기차를 타고 논산으로 내려가기로 했던 터였다.

우리는 마지막으로 어떤 다방에 들어갔는데 거기서도 입대니, 훈련소니, 언제 제대하니, 무얼 할 거니 얘기를 한마디도 하지 않았다. 또다시 나는 도스토옙스키 얘기 같은 걸 했고 그녀는 여느 때처럼 조용히 듣기만 하다 뭔가 물어보기도 했다.

커피를 마시고 나서 우리는 지하철을 타고 서울역으로 향했다. 지하철이 서울역에 도착하자 나는 건너편 승강장까지 그녀를 바래다주었다. 내가 훈련소로 가는 기차를 타는 것보다 그녀가 건너편에서 안전하게 집으로 가는 지하철을 타는 게 더 중요한 듯 나는 행동했고 그녀 또한 보통 때와 전혀 다름없이 행동했다.

단 한 번도 군대를 가느니, 기다리느니 마느니 어떤 언약을 할 것이니, 어떤 보장을 할 것이니 하는 얘기가 없이 마치 그녀가 집에 돌아가는 행사 때문에 만난 것처럼 우

리는 반대편 플랫폼으로 가서 지하철이 도착하기를 기다
렸다.

스스럼없이 아무 얘기나 하려 했으나 지하철 차량이
역으로 진입하는 게 눈에 들어온 순간 나도 모르게 말이
멎고 말았다. 이제 정말 마지막 순간이었다. 침묵이 시작
되려 하는 순간 우리는 마치 침묵에 빠지면 지는 게임을
하는 두 사람처럼 어떤 무의미한 소리인가를 입 밖에 냈
고 그녀가 차량에 발을 딛고 몸을 안으로 집어넣은 순간
드디어 짧은 한마디를 입 밖으로 내보냈다.

"갔다 올게."

"잘 갔다 와요."

우리는 그렇게 마치 내일 만나기로 하고 오늘 집에 들
어가는 사람들처럼 서울역에서 헤어졌다. 나는 잠시 그
녀를 향해 손을 흔들었고 그녀 또한 내게 손을 흔들었다.
지하철이 플랫폼을 완전히 떠나 꼬리를 서릴 때까지 입
언저리에 남았던 웃음 줄기를 절대 지우지 않았던 나의
눈에 약간의 물기 같은 것이 서리는 듯도 했지만 나는 다
시 반대편으로 분주히 걸어가서는 논산행 열차에 몸을
실었다.

기차가 속도를 내기 시작하자 후두둑하는 소리와 함께 차창을 때리는 빗줄기에 나는 비로소 그녀와 이별해 훈련소로 들어가고 있다는 사실을 느낄 수 있었다. 끝까지 아무 일 없는 것처럼 행동하려 했던 나의 계획은 그런대로 성공을 거두었고 그녀 또한 나와 같은 생각을 했는지 어땠는지는 모르겠지만 평소와 전혀 다름없이 차분하고 침착했다.

　단 한 번도 미래에 어떻게 하자느니 하는 얘기 없이 의연했음에 나는 만족스러웠다. 논산에 도착하고 나는 훈련소 부근의 여관에 방을 잡고 머리를 깎은 다음 음식점에 가서 불고기 백반과 함께 소주 한 병을 시켜 마셨다.

　다음 날 훈련소 정문 앞 여기저기서 장정들이 흐느끼는 애인과 절대 변치 않겠다느니 기다리겠다느니 다짐하며 미친 듯이 끌어안고 있는 광경을 담담한 심정으로 바라보면서 나는 그들의 미래를 빌어주었다.

　몇 년 후 나는 잠시 화장실이라도 다녀온 듯 돌아와 그녀와 결혼했다.

고백의 조건

나의 두 아들은 나이 차가 7년이나 되어 작은애가 아직 초등학교 입학도 안 했을 때에 큰애는 이미 중학생이었다. 큰애가 중학교 2-3학년 무렵의 어느 날이었던 것 같다.

기원에서 바둑을 두고 있던 나에게 큰애가 전화를 걸어 친구와 약속이 있는데 7시까지 들어와 작은애를 봐줄 수 있느냐고 물었다. 나는 그러겠다고 약속했지만 바둑에 심취해 있던 탓에 깜빡 잊고 약속 시간보다 한참이나 지나서야 집에 들어갔다.

미안해하는 내게 큰애는 괜찮다 했고 상황은 그렇게 지나가는 것 같았다. 그런데 갑자기 작은애가 매우 걱정스러운 표정으로 내게 말했다.

"아빠, 형이 아빠에게 욕을 했어요."

작은애 말에 따르면 큰애가 나를 상대로 나쁜 새끼, 개자식 등 심한 욕을 계속 해 댔다는 것이었다. 작은애의 표정으로 보아 많이 놀란 것 같았고 나 또한 크게 놀랐다. 큰애는 태어났을 때부터 작은애를 너무도 귀여워했고 부모 못지않게 동생을 보살펴 왔기에 둘의 우애는 보통이 아니었다. 작은애는 이 엄청난 사실을 그냥 지나치면 형이 크게 잘못될 것 같아 내게 알렸을 것이었다. 착한 소년으로만 알았던 큰애가 자기 아버지에게 그런 욕을 했다는 사실은 내게도 너무 큰 충격이었다.

"절대 그런 적 없어요."

큰애가 거듭거듭 부인하자 나는 둘 다 팔을 들고 서있게 하였는데 어느 정도 시간이 지나자 울고 있는 동생을 견딜 수 없었던 큰애가 진실을 고백했다. 아이들이 팔을 들고 있는 동안 고심을 거듭하던 나는 큰애가 고백을 하자마자 작은애의 뺨을 한 대 때렸다.

"형이 너를 그렇게나 보살피고 위해주는데 고자질을 하다니!"

작은애는 울음을 삼키며 힘주어 말했다.

"저는 형을 제일 좋아해요. 그런데 너무 심한 욕을 하잖아요. 그냥 두면 안 될 거 같아 단단히 마음먹고 힘들게 말했는데, 엉엉."

그 기특한 마음을 누구보다 잘 알고 있었던 나는 작은
애를 꼭 안아주고 싶었지만 짐짓 엄숙한 얼굴로 계속 형
을 고자질하면 못쓴다 꾸짖고는 큰애에게 용돈을 주었
다.

"장하다, 보통 아이들 같았으면 동생을 버려두고 그냥
나갔을 텐데 약속을 깨면서도 동생을 보살폈으니 참 훌
륭하구나. 그리고 너 혼자 벌을 받았으면 끝까지 잡아뗄
것을 동생이 힘들어하는 걸 보고 고백을 했으니 너는 참
좋은 형이다. 내일 이 돈으로 오늘 약속 못 지킨 친구들
맛있는 거 사줘라."

그러고는 큰애의 욕설에 대해서는 한마디도 하지 않고
끝냈다. 큰애는 어리둥절했지만 이내 작은애를 데리고
자기 방에 들어갔고 잘 때까지 계속 둘이 사이좋게 웃는
소리가 들렸다.

세월이 한참 흐른 어느 날 효심이 남다른 큰애가 그때
얘기를 꺼냈다. 큰애는 그날의 기억을 매우 기분 좋게, 그
리고 스스로에 대한 경계랄까 교훈으로 간직하고 있었
다. 아마 그날 이후 마음속으로라도 아버지를 욕한 일은

없는 것 같다. 그 며칠 후 작은애에게 전화를 걸어 애기를 꺼냈더니 역시 그때 일을 잘 기억하고 있었다.

"그때 형에게는 용돈을 주셨고 저는 따귀를 맞았어요."

"아빠를 원망했겠구나."

"이해는 안 됐지만 형이 잘해줬고 해서 괜찮았어요. 여하튼 저는 그날 이후 한 번도 형을 고자질한 적 없어요. 형제간 고자질하지 말고 우애 있게 지내라고 그때 그러셨던 거지요? 무슨 일이 있든 둘 사이는 깨트리지 말라고."

잠시 망설이던 나는 고개를 가로저었다.

"그게 아니라 형이 나쁜 기억을 오래 가질까 봐 염려해서였다. 아버지에게 욕을 했다는 사실은 형을 나쁜 길로 들어서게 할 수도 있지 않겠니. 형이 그 나쁜 기억을 오래도록, 어쩌면 영원히 뇌리에 간직하게 될까 봐 그 잘못을 오히려 칭찬으로 둔갑시킨 거다."

"아, 그러셨군요. 더 높은 뜻이 있었군요."

작은애의 유쾌한 칭찬이 귀에 들어오는 순간 나는 처음으로 큰 잘못을 저질렀구나 하는 생각이 들었다. 작은애는 어리니까 곧 잊어버리겠지 생각했던 나의 속단은 너무도 섣부른 것이었다. '더 높은 뜻'이란 단어에 작은애

는 긴 세월을 오해와 언짢은 기억으로 보냈을지도 모른
다는 안타까움과 함께 지금 전화로 하고 있는 얘기를 그
당시 해줬어야 했다는 후회가 물밀듯 밀려들었다.

  무언가 고백해야 할 것이 있다면 있는 그대로 하는 것
이 맞다. 다른 어떤 계산도 해서는 안 된다.

홍대 앞 파출소

착해빠진 한 친구와 같이 홍대 앞 골목을 지나고 있었다. 우리 바로 앞에는 남자 둘, 여자 하나의 세 사람이 걷고 있었는데 그들이 모퉁이를 막 돌아섰을 때 갑자기 무자비한 폭력이 날아들었다. 남자 둘은 순식간에 피투성이가 되도록 얻어맞고 여자조차도 길바닥에 넘어진 채 사정없는 구둣발에 채여 '악' 하는 비명과 함께 자지러졌다.

모퉁이를 돌 때 지하의 술집에서 나오던 십여 명의 깡패와 어깨가 부딪친 것 때문인데 깡패 중 하나는 아예 윗도리를 다 벗어던지고 샌드백 때리듯 남자를 쳤다.

"어머, 나는 이런 구경이 제일 재밌어!"
워낙 젊은이들이 많은 골목이라 순식간에 사람들이 빙 둘러싼 와중에 한 젊은 여자의 목소리가 들렸다. 생각 없는 그 입에서 튀어나왔던 소리는 아무도 말리려 들지 않았던 쓸쓸함에 더해 지금도 귀에 쟁쟁하다. 친구가 갑자기 양복을 벗어 그대로 덮어쓴 채 쓰러진 세 사람 위로 몸을 날리기에 내가 뒤에서 그를 끌어당기고는 휴대폰으로 112 신고를 하도록 했다.

당시는 휴대폰이 막 나왔던 때라 정작 필요한 순간에는 신호가 안 잡히는 일이 잦았다. 친구가 휴대폰 통화에 실패하는 모습을 보고 있던 나는 놈들이 폭행을 멈추고 순식간에 흩어지자 얼른 그들 중 한 무리를 뒤쫓았다. 네 명이 두 명으로 줄고 그 두 명이 지하철로 들어가서는 이쪽저쪽으로 나뉘자 나는 그중 하나를 따라가다 놈이 개찰구로 막 들어가려는 순간 놈의 옆구리 혁대를 꽉 붙잡았다. 놈이 발악을 시작했을 때 반갑게도 저쪽 편에서 경찰관 두 사람이 걸어오고 있어 나는 크게 소리쳐 그들을 불렀다.

"이거 안 놔, 이 개자식들아!"

이해할 수 없었던 건 이놈이 경찰관들을 향해 거세게 욕설을 퍼부었고 경찰관들은 잠자코 그 욕설을 들으며 파출소로 데려가던 장면이다. 나는 물론 그들과 같이 파출소로 갔는데 거기서 다시 놀라운 광경을 목도해야 했다. 그놈을 본 파출소 경찰관들이 황급히 셔터를 내리는 것이었다. 경찰관들이 깡패를 두려워하는 게 아닌가 하는 기막힌 짐작은 놈이 경찰관들을 상대로 너희들 다 죽었어! 하며 고래고래 욕설을 퍼붓는 순간 입증되었다. 경찰관들은 전혀 대응을 하지 못했는데 파출소 차석이 내게 건네 온 말은 기가 찰 노릇이었다.

"저놈들 아주 험한 놈들인데 우리가 알아서 처리할 테니 그만 가세요."

"아니, 내가 증언을 해야 할 텐데요."

"신원이 드러나면 저놈들이 보복합니다. 보통 놈들이 아니거든요."

나는 모든 상황을 일목요연하게 알아차릴 수 있었다. 지하철역에서 마구 욕을 먹으면서도 전혀 대응하지 못하던 두 명의 경찰관, 놈이 들어오자마자 셔터를 내리던 파출소, 고래고래 욕설을 퍼붓는데도 못 들은 척하는 파출소 직원들, 그리고 내게 건네져 오는 파출소 차석의 은근한 목소리. 나는 버럭 소리쳤다.

"당신들 저놈 조사하지 마시오. 그리고 지금 당장 마포경찰서 형사 기동대에 전화를 걸어 경찰서로 연행하시오!"

이때 파출소에 와 있던 매 맞은 여자가 갑자기 푹 쓰러져 병원으로 실려 갔기 때문에 파출소 직원들은 즉각 마포 경찰서에 보고하지 않을 도리가 없었다. 형사 기동대 차량은 금방 도착했고 나는 형사들에게 십오 명가량 되는 일당이 모두 폭행에 가담하였으므로 전원 잡아들여야 하고 내가 가장 확실한 증인이므로 조사할 때 반드시 내게 연락해 목격자 증언을 들으라 했다. 파출소와는 달리 마포 경찰서 형사 기동대는 고함치는 놈의 팔을 비틀어 단번에 제압하고는 엄중하게 놈을 결박해 연행했고 비로소 안심이 된 나는 마침 찾아온 친구와 함께 파출소를 나왔다.

집에 돌아온 나는 당시 고등학생이었던 아들에게 상황을 설명하고 놈들이 혹시 보복하러 올지 모르니 엄마를 잘 보호하라고 잔뜩 근심스레 당부했다 그러나 다음 순간 들려온 아들의 답변에 크게 웃을 수밖에 없었다.

"아빠, 염려 마세요. 저는 그런 놈들 찾아오는 게 제일 좋아요."

정말 무모한 놈이었다.

독서로의 권유

내가 첫 작품 『무궁화꽃이 피었습니다』를 써야겠다고 결심했을 당시 나는 작가 지망생도 아니었고 습작을 해본 일도 없는 문외한이었다. 하지만 일단 펜을 들자 나는 무서운 속도로 글을 써 나갔고, 글을 쓰는 동안 차츰 훈련이 되어 모두 세 권으로 이루어진 이 소설의 마지막 권은 불과 일주일 만에 다 써버렸다.

요즘도 나는 두 권짜리 장편 소설을 두 달이 채 안 걸려 쓰는 편이고 소설의 주제나 소재를 선택할 때도 고민하는 법이 없다.

그냥 노트북 앞에 앉아 평소 머릿속에 있던 생각 한 줄기를 풀어내 키를 누르기 시작하면 바로 소설이 된다.

이 얘기를 하면 가끔 질문을 받곤 한다. 어떻게 그렇게 할 수 있느냐고.

곰곰 기억을 더듬던 나는 대학 입학시험을 마치던 해의 겨울을 떠올리게 되었다. 시험을 마친 후 밀려드는 해방감에 술도 마시고 여행도 하고 빈둥거리기도 하던 나는 무언가 재미있는 일을 하나 하고 싶었다.

이런저런 궁리를 하다 나는 이 세상에서 가장 어려운 책을 한번 읽어보자는 다소 따분하지만 재미가 있을 것 같기도 한 목표를 세우고 선생님들에게 뭐가 가장 어려운 책인지 물어보았다.

선생님들은 평소 그런 생각을 한 적이 없었는지 손쉽게 어려운 책을 추천하지는 못하였고 자연히 나는 스스로 도서관을 찾아 이런저런 책들을 찾아보게 되었다.

그때가 1970년대 중반이었는데 나는 당시로서는 철학, 그중에서도 비트겐슈타인의 『트락타투스 로기코 필로소피쿠스』가 가장 어렵다는 결론을 내리게 되었다. 지금은 '초끈이론'을 이해하기 어렵다 생각하지만, 하여튼 그때 나는 『트락타투스 로기코 필로소피쿠스』를 물고 늘어졌다.

하지만 책이 워낙 어려워 아무리 집중해도 나는 그 책

을 완전히 이해할 수 없었고 결국 자존심에 상처를 입었다.

스스로 명석하다고 자부하던 내가 한글로 된 책을 집중해서 읽으면서도 제대로 이해하지 못하는 것이었다. 하지만 이 사실은 나에게 괴로움과 더불어 반성과 분발심을 불러일으켰다.

나는 내가 상당히 책을 많이 읽었다고 생각하고 있었는데 그건 그야말로 어린아이 수준이라는 사실을 깨닫게 되었고 그해 겨울부터 나는 무섭도록 독서에 빠져들었다.

나는 일단 장시간 책을 보는 습관을 키우기 위해 재미있는 책들을 양으로 읽어내기 시작했고 지금 생각해도 이건 무척 잘한 선택이라고 생각한다.

요즘 독서 지도는 책을 좋은 책, 나쁜 책으로 나누어 좋은 책을 읽게 하는 게 중요하다고 생각하는 것 같은데 이것은 생각해 볼 여지가 있다. 악서와 양서를 구분하는 기준도 어렵거니와 나는 악서도 양서 못지않게 나에게 이바지했다고 생각한다.

나는 만화, 문학, 사회 과학, 철학, 종교, 자연 과학을 가리지 않고 닥치는 대로 책을 읽기 시작했고 가장 어려운 책 한 권을 읽어보자던 나의 목표는 인간이 쓴 책이라면 모두 한번 읽어보자는 목표로 바뀌게 되었다.

나의 이런 독서 탐험은 일단 대학 2학년 말이 되어서야 끝이 났는데 그때까지 나는 대학에 들어가서도 미팅 한 번 제대로 하지 않고 도서관 문이 열리는 시간부터 닫히는 시간까지 늘 학교 도서관에 머물거나 다른 대학 도서관을 찾아갔다.

독서는 자연히 사색으로 이어지기 마련이라 나는 많은 시간 세상의 여러 분야에 대한 생각에 잠기게 되었고 그 이후 지금까지도 나의 눈과 귀를 통해 들어오는 세상의 모든 정보는 뇌 속의 데이터베이스와 의식에 결합하고 있다.

그래서 나는 소매치기의 안창따기 수법에서부터 하이젠베르크의 불확정성의 원리까지 이 세상에서 일어나는 사람의 행동과 생각이라면 무엇이든 낯설어하지 않고 어떤 종류의 소설도 쓸 수 있게 되었다고 자부한다.

독서에는 무엇보다도 시기가 중요하다. 이르면 이를수록 좋다. 독서는 단순히 정보를 받아들이는 게 아니라 뇌 속에서 다른 기억 및 정보와 결합해 의식을 개발하고 창의력의 기반을 형성하기 때문이다.

또한 어릴 때의 풍부한 독서만이 문리를 트이게 하는데 이 문리가 트여야만 비로소 형이상학적 복합 사고가 가능하고 진리 규명이라는 인간의 최고 목표를 실현할 능력을 가지게 된다.

인간의 삶에는 여러 길이 있고 어떤 길에도 다 의미가 있다. 하지만 독서와 사색을 할 시기를 놓치고 난 인생은 어떤 성공을 거둔다 해도 아쉽기만 하다.

인문학의 힘

세상의 모든 학문은 사회가 잘 돌아가게 하고 일이 잘 되도록 하는 게 그 본연의 역할이다. 그러나 매우 이상한 학문이 있다. 잘 돌아가는 세상에 대해 줄곧 시비를 걸어 대는.

왜 그렇게 잘 돌아가는 거요? 그렇게 잘 돌아가서야 쓰 겠소? 그토록 일이 잘되는 데는 필시 무슨 문제가 있을 거요. 이런 이상한 질문을 끊임없이 던지며 마치 훼방 놓 는 것 같은 학문.

이것이 바로 인문학이다.

아이러니하게도 세계에서 가장 머리가 좋다는 사람들 은 줄곧 이 이상한 학문에 매달려 왔다. 그도 그럴 것이 인문학의 질문은 너무도 거대해 사고력이 매우 깊은 사람이 아무것도 없는 바탕에서 하나의 우주를 창조해 내는 것과 같기 때문에 언제나 신뢰할 수 있는 수학의 힘에 기대는 자연 과학과는 그 어려움의 깊이가 다르다.

나는 누구인가? 어디서 왔다가 어디로 가는가? 무엇이 옳은가? 어떻게 살아야 하나? 등 인간 존재의 근원에 천착하는 학문이다 보니 광대무변하다.

나는 인문대 학생들을 대상으로 한 강의 요청은 빠짐없이 수락한다. 요즘의 인문학도들은 법학, 의학, 공학 등 소위 힘 있는 공부를 하는 학생들에 비해 너무도 풀이 죽어 있지만 내 강연이 끝난 후에 크나큰 자신감을 얻어가는 모습을 보면 보람을 느끼기 때문이다.

인문학이 추구하는 힘은 실용적, 실질적 학문과는 갈래가 아예 다르다. 의학이나 공학 등은 직업을 구하고 평생의 벌이가 되는 공부지만 인문학 공부는 사회에서의 쓸모와 연결이 그닥 잘되지 않는다.

하지만 바로 이 지점에서 인문학 공부는 다른 실용적

공부에 비해 비교할 수 없는 힘의 우위를 갖는다. 어떤 힘을 갖느냐고? 그것은 바로 내면의 힘이다.

힘에는 두 종류가 있다. 하나는 외면의 힘. 바로 지식, 지위, 돈, 외모, 소질, 빽 등 눈에 바로 보이는 것으로 인간은 누구나 이 힘을 가지려 태어나 눈을 감는 그 순간까지 처절한 경쟁 대열 속에서 몸부림친다.

하지만 이 힘은 가지면 가질수록 자신을 상실한다는 단점이 있다. 부모를 호강시켜 드리고 형제자매와 이웃을 돕기 위해 돈을 갈구하지만 오히려 돈 때문에 거꾸로 가까운 사람과 원수지간을 만드는 경우가 비일비재하다.

내면의 힘은 이와는 전혀 다른 갈래에서 출발한다. 고급 차나 명품 가방처럼 눈에 바로 보이지는 않지만 가지면 가질수록 마음이 편해지고 자신감이 차오르며 삶이 떳떳하고 행복하다.

'나는 돈을 많이 벌지 않겠다. 조금 벌고 그 대신 검소하게 살겠다. 그리고 나의 열정과 시간을 의미 있는 일에 쏟겠다.' 이렇게 생각할 수도 있는 것이다.

내면의 힘이 외면의 힘과 가장 크게 다른 것은 가지면 가질수록 점점 더 커진다는 것이다. 그리고 일단 이 내면의 힘을 가지면 어떠한 외면의 힘에 대해서도 흔들리지 않는다.

대통령을 만나든 재벌을 만나든 몸을 배배 꼬며 안절부절못하는 게 아니라 자아 대 자아로 당당하게 마주하는 것이다.

"디오게네스여, 말하라. 그대를 위하여 무엇을 해줄까. 나는 세계의 정복자 알렉산더다!"라는 말을 들은 디오게네스는 "대왕이시여, 해를 가리지 말고 비키시오."라고 했다. 그것은 그가 알렉산더를 넘어서는 내면의 힘을 가졌기에 가능한 말이었다. 그 만남의 순간에 디오게네스는 세상을 모조리 움켜쥔 권력자보다도 강했던 것이다.

인문대 학생들은 대학에 다니는 동안, 이 보이지 않는 힘을 키운다. 다른 실용 공부를 하는 학생들이 대학에서 배운 걸로 평생 살아갈 수 있는 힘을 갖는 것과 마찬가지로 인문대 학생들은 이 내면의 힘으로 세상을 살아가야 한다. 이력서를 낼 때 남들은 분자 화학을 했느니 초전도체 공부를 했느니, 변호사 자격증이 있느니 한눈에 들어오는 기술이나 능력이 있지만, 인문대 학생들은 보이지도 않는 내면의 힘이 있다 써낼 수 없는 노릇이니 무척 불리해 보인다.

그러나 불안할 수밖에 없어도 실력 있는 인문학도는 이미 불안이 인간의 존재 조건임을 알기 때문에 당황하지도 극단적으로 반응하지도 않는다. 인문학 공부를 한 사람은 자신에게 닥치는 모든 상황에 대해 다만 실용적, 실리적 결과로만 반응하려 하지 않는다. 오히려 실패와 푸대접을 즐기며 자신만의 방식으로 해소하는 힘이 있기 때문에 언제든 자아의 품위를 간직하며 어려움의 한복판에서 오히려 상대를 위해 베풀기도 한다.

인문대 학생들에게는 전공이 따로 있는 게 아니라 삶 전체가 바로 전공이다. 문제는 어떠한 삶도 살아낼 수 있는 이 거대한 힘을 대학 4년이라는 짧은 시간 안에 키워야 한다는 것이다.

그러므로 제대로 인문학 공부를 해 어떤 기술이나 능력보다 큰 힘을 기르려는 학생은 읽고 또 읽어야 한다. 그 모든 불안과 의심을 누른 채 끝까지 읽고 또 읽어 평생 읽고 생각할 수 있는 준비를 갖추어야 한다. 쉬운 길은 아니지만 큰 길이다.

삐삐의 힘

둘째 삐삐가 초등학교 4학년쯤 되었을 때 공부가 천성이 아니란 판단이 들자 나는 아예 공부를 방해하기 시작했다. 공부할라치면 "삐삐야, 피자 먹으러 가자.", "삐삐야, 중국집이 새로 생겼던데……" 하며 끈질기게 공부를 방해했고 꽤 시간이 지난 후 나의 계획은 드디어 결실을 보았다. 아이가 공부 흉내조차 안 내는 것이었다.

"삐삐야, 너 내일부터는 집 밖에서 만나는 모든 사람에게 고개 숙여 인사를 해라."

"모르는 사람한테도요?"

"그래."

"싫어요, 모르는 사람한테 절을 왜 해요?"

"그래? 그럼 너 공부할래?"

이미 공부를 싫어하게 된 아이는 크게 고개를 가로저었다.

"아니, 절할게요."

과연 아이는 모든 사람에게 열심히 절하기 시작했고 그러다 보니 사람들과 친해져 목욕탕에 가면 때 미는 사람에게 "아저씨, 오늘 때 몇 사람 밀었어요?" 하고 물었고 구두 닦는 사람에게도 "아저씨, 구두 닦는 거 재미있어 보여요. 제가 해 봐도 돼요?" 하고 스스럼없이 대화할 정도가 되었다.

중학교 소풍 때 산에 뭘 두고 와 아이들을 거슬러 같이 찾으러 간 적이 있었는데 삐삐는 마주치는 전 학년 아이들 이름을 다 외고 있어 서로 이름을 부르며 반갑게 인사하는 것이었다. 고등학교에 들어가서는 선거에 나서지도 않았는데 급우들이 책상을 두드리며 이름을 연호해, 떠밀려 반장이 되기도 했다.

언젠가 첫째 마삼과 산책할 때의 일이다.
"아빠, 삐삐는 이상한 놈이에요."
"왜?"
"아무리 큰 놈들도 삐삐한테는 못 당해요. 처음엔 삐삐가 졸병처럼 구는데 보름만 지나면 지위가 싹 바뀌거든요. 무얼 사 먹이는지는 몰라도."

"그놈이 그런 쪽 힘이 있는 거지."

"확실히 알 수 없는 뭔가가 있긴 해요. 40명 정도가 팀이 되어 게임을 하는데 제가 늘 대장이거든요. 전체 게임을 훤히 읽어 적재적소에 병력 배치하고 제 역할 못 하는 놈 정확히 집어내 야단치고 전력을 다하지 않으면 스스로 팀에서 떠나도록 하거든요. 이 몸이 그 분야에서는 최고의 리더로 명성이 자자해 어느 팀이든 저를 대장으로 초빙한단 말이에요."

"그런데."

"어느 날 제가 일이 있어 삐삐한테 리더를 맡겼는데 이 놈이 그날 팀을 데리고 전승을 거뒀어요. 워낙 빡센 프로들끼리 하는 거라 저는 한 번도 전승을 하지는 못했거든요. 그날 이후 팀원들이 모두 삐삐를 대장으로 모시는 바람에 졸지에 리더가 삐삐로 바뀌었고 요즘은 제가 그놈 밑에서 지시를 받아요."

"걔의 어떤 점이 완벽한 대장인 너보다 팀원들을 더 잘 이끌게 했을까?"

"그놈 머리가 꽝인 건 아빠도 알잖아요. 그런데 이상하게 사람들이 되게 잘 따라요. 애부터 노땅까지 층이 다양한데도요. 사람들 배려를 잘하는 데다 심리도 잘 알아 맞춤형으로 살살거리니 그런가 봐요."

삐삐를 낳은 여성, 즉 나의 처와 결혼했을 때 나는 우연히 책상 서랍에서 그녀의 중학교 성적표를 보았는데 온통 빗금이 쳐져 있어 출석부인 줄 알았었다. 그런데 자세히 보니 그게 다 '1'자로, 그녀는 2등 한 번 한 적 없는 만년 1등이었다. 이 사람에게 아이를 맡기면 죽어라 공부로 내몰다 결국 손들고 말겠구나 하는 예감과 더불어 나는 공부가 내 자식들에게는 독이 될 거라 판단했었다. 중·고등학교, 대학교 시절 공부와는 담을 쌓은 내 피도 반절은 받았을 테니까.

세상에는 공부 잘하는 길 외에도 다른 길이 얼마든지 있다 생각했던 내가 삐삐에게 권해 본 게 타인과의 소통이었다. 긴긴 세월 남과 소통하며 살아온 삐삐의 내면에는 실제 겪어보지 않고는 알 수 없는 자신만의 어떤 세계가 생겼을 것으로 생각한다.

여하튼 나는 지금에 이르도록 삐삐를 싫어하는 사람을 보지 못했고 이것은 삐삐의 큰 힘이라 생각한다. 긴 세월 남에게 먼저 인사를 건네다 보니 이제 청년이 된 삐삐는 누구와 경쟁해 이기겠다는 욕심이 별로 없다. 이것 또한 멋지다. 시기나 질투로 고통받을 일이 별로 없을 것이다. 오히려 어렸을 적 순수할 때부터 남이 잘되는 걸 빌어주는 게 습관이 되다 보니 남의 성공을 바로 본인의 일로 받아들이는 것 같다.

나의 처는 그간 내색을 하지는 않았지만 그 스타일로 보아 삐삐가 친구들 자식에 비해 스펙이 현저하게 모자란다는 사실에 무척 속상했을 것이었다. 하지만 세월이 흐르며 삐삐가 이런 식으로 스스로 행복을 만들어 가는 걸 보고는 감동했음에 틀림없다. 요즘 와서는 친구들이 아무리 자식 자랑을 해도 전혀 부러워하지 않음은 물론 삐삐에게 공부를 강요하지 않은 게 마치 자신의 교육 방침이었던 것처럼 얘기하고 있으니 말이다.

때로는 행복 대신 불행을 택하기도 한다

■ 작가의 말

인간을 제외한 모든 생명체는 본능에 의해 산다. 따라서 건강하고 풍족한 삶을 살면 행복하다. 하지만 인간은 때로는 행복 대신 불행을 택하기도 한다. 그게 더 의미가 있을 때에.

안중근의 어머니

한국 근현대사에서 가장 위대한 인물로 내가 주저 없이 안중근을 꼽는 이유는 그가 '행동하는 지식인'이기 때문이다.

지식이란 깊어지면 질수록 사람을 약하게 만드는 단점이 있다. 전두환이 총칼로 쿠데타를 일으켰을 때 목숨을 아끼지 않고 육탄으로 들이받은 의인과 열사는 하나같이 이름 없는 시민들과 학생들이었다. 세상 모든 지식의 정점에 서서 하부 세계를 규율하던 분들이나 평상시 서릿발 같은 기상으로 법을 집행하던 분들은 오히려 너무도 쉽게 굽혔거나 재빨리 전두환 편에 서지 않았던가.

하루라도 책을 읽지 않으면 입안에 가시가 생긴다며 독서와 사색으로 자신의 내면을 가다듬던 안중근은 일본이 명성황후를 미증유의 잔혹한 방법으로 살해하자 바로 책 대신 총을 잡았다.

이후 하얼빈에서 침략의 원흉 이토 히로부미를 저승으로 보낸 뒤 체포되어 형장의 이슬로 사라질 때까지, 의연한 자세로 일관하며 일본인 간수와 검사까지 감동시킨 안 의사의 삶은 그 자체로 지식이 되어 지금의 우리를 가르친다.

그가 읽고 배운 것은 다만 침잠하지 않고 행동을 통해 새로운 지식으로 거듭나 세상에 굵고 진하게도 남은 것이다.

안 의사의 어머니 또한 '행동'으로 우리를 숙연하게 한다.

그분은 단 한 번도 형무소로 자식 면회를 가지 않았다. 단지 형무소로 보낸 편지가 한 통 남아있을 뿐인데 그 내용은 처연하기만 하다.

네가 어미보다 먼저 죽는 것을
불효라 생각하면 이 어미는
웃음거리가 될 것이다.

너의 죽음은 한 사람 것이 아닌

조선인 전체의 공분을 짊어진 것이다.
네가 항소한다면 그건 일제에
목숨을 구걸하는 것이다!

나라를 위해 딴 맘 먹지 말고
죽어라!

아마도 이 어미가 쓰는
마지막 편지가 될 것이다.
네 수의의 옷을 지어 보내니
이 옷을 입고 가거라.

어미는 현세에서
너와 재회하기를
기대하지 않으니
다음 세상에는 선량한 천부의
아들이 돼 이 세상에 나오거라!

안 의사의 어머니 조마리아 여사는 갖은 힘을 다해 이
편지를 썼을 것이다. 어머니로서는 너무도 힘든 일이었

겠지만 이 편지에서 여사는 아들 못지않은, 어쩌면 아들의 행동보다 오히려 더 엄숙하고 위대할지도 모르는 정신을 보인다.

불의를 거스르는 용기보다 수만 배나 어려운, 본능의 극복이라는 초인적 의지가 담긴 까닭이다. 자식에 대한 원초적 본능을 거부할 수 없는 것이 어머니라는 존재일진대 죽으라니, 재회하기를 기대하지 말라니!

흔히들 지성이란 인간을 짐승에서부터 멀어지게 하는 것이라 한다. 이토록 생생하게 인간과 짐승의 거리를 보여주는 일화가 또 있을까. 행동을 통해 의로 거듭난 지성을 가리키는 예시가 또 있을까.

이런 어머니가 있는 한 이 나라 의인의 싹이 마르는 일은 없을 것이다.

인간은 존재하는 자체로
인류 역사에 기여한다

아리스토텔레스는 기원전 300년경의 사람으로 당대의 가장 현명한 사람이었다. 그는 어떠한 질문도 대답하지 못하는 게 없었는데, 어느 날 제자가 찾아와 던진 이 질문만큼은 답을 할 수가 없었다.

"스승님, 파도는 왜 치는 겁니까?"

아리스토텔레스는 깊은 생각에 잠겼지만 아무리 골몰해도 파도가 왜 치는지는 알 수 없었다.

그는 결국 바다로 가 파도를 바라보며 앉았다. 그러나 파도는 칠 때마다 모양이 달랐고 세기도 달라 생각에 진전이 없었다. 처음에는 바람인가 생각했지만 바람이 불지 않는 날에도 파도는 멈추지 않았기에 그는 고통스럽게 바다를 바라보다 걸음을 옮겼다.

직접 파도를 느껴보아야겠다고 생각한 것이다.

처음에는 무릎까지, 다음에는 허리까지 점점 깊이 파도를 느껴보려던 그는 갑자기 몰려온 큰 파도에 그만 목숨을 잃고 말았다.

이것이 일설에 전하는 아리스토텔레스의 죽음이다.

나는 이 이야기를 대했을 때 인간의 숙제와 우리 삶의 의미에 대한 중요한 한 시각을 얻었다.

먼저 생각해 볼 점은 그가 당시로서는 지구상에서 가장 현명한 사람으로 모르는 게 없었지만 파도가 왜 치느냐는 질문에 결국 대답을 할 수 없었다는 사실이다.

그러나 지금은 어떠한가.

대학생, 아니 중·고등학생, 심지어는 초등학생까지 이 질문에 올바른 대답을 할 수 있다.

— 파도는 달이 지구를 잡아당기기 때문에 일어납니다.

2,000여 년 전 지구에서 가장 지혜로운 사람도 모르던 걸 지금은 어린애도 안다는 사실에서 우리가 얻을 수 있는 교훈은 인간의 숙제에는 기나긴 시간이 필요하다는

사실이다.

우리는 누구인가, 어디서 와서 어디로 가는가, 우주는 어떻게 탄생했고 빅뱅은 왜 생겼는가, 고등 생명은 지구에만 존재하는가, 아니면 온 우주에 넘쳐나는 것인가 등의 근원적 질문에 대한 대답은 지금으로서는 너무나 어렵다.

하지만 기나긴 시간이 지나면 이 또한 어린아이도 대답할 수 있는 간단하고 쉬운 질문에 불과하게 될 것이란 걸 우리는 아리스토텔레스의 죽음을 통해 유추할 수 있다.

그러하다.

인간의 근원적 숙제를 푸는 열쇠는 바로 시간인 것이다.

우리는 성급하게 해답을 내지 말고 먼 미래로 이 어렵디어려운 숙제를 자꾸 밀어 보내야 한다. 그렇게 보면 우리 삶의 의미가 찾아진다. 굳이 큰 공을 세우거나 성공하지 않아도 자신의 삶이 어째서 중요한지, 무슨 의미가 있는지 분명해지는 것이다. 그냥 사는 것, 즉 징검다리의 돌멩이 하나처럼 세대를 끊지 않고 먼 미래로 이어주는 게 우리 인간에게는 최고의 의미요, 보람인 것이다.

나는 특히 인생의 황혼기에 접어들어 허무와 무기력감에 빠진 모든 어르신들께 세대를 이어가는 일은 성인이나 위인으로 사는 것 못지않게 중요하다는 사실을 반드시 말해드리고 싶다.

우등생뿐만 아니라 열등생도 소중하고 부자가 아니라 하더라도 얼마든지 당당하게 세상을 살아가야 한다. 누구나 존재하는 그 자체로 인류를 위해 공헌하는 것이므로.

두 가지 다른 가르침

어떤 학교에선가 옥상에서 학생이 뛰어내려 아까운 삶을 마감한 적이 있다. 1등을 놓치지 않는 우수한 학생이었는데 2등을 했다는 이유였다. 이런 뉴스에 가슴이 먹먹해진 사람이 나 혼자만은 아니었을 것이다.

현대 국가에서는 누구나 학교를 가기 마련이고 아주 어린 시절부터 이루어지는 이 학교 교육은 각 개인의 자아 형성에 지대한 영향을 미친다. 선생님들은 잘한 일에 대해서는 칭찬을 아끼지 않고 잘못한 일에 대하여는 그 정도에 준하는 벌칙을 가해 학생들이 올바른 인격을 형성하고 남과 잘 어울리도록 이끈다.

또한 국어, 외국어, 수학 등 필요한 지식을 보급하여 사회에서 자리 잡고 살아가는 능력을 양성하므로 학교 교육에서 배제된다는 건 개인의 삶에 있어서는 거의 재앙과도 같은 일이다.

그러나 학교 교육은 이토록 절대적임에도 불구하고 적지 않은 문제점을 가지고 있다. 가장 큰 문제점은 이 교육의 내용이 학생의 편이 아니라 정부의 편에서 기획되고 시행된다는 사실이다. 그러므로 각자의 적성에 맞는 교육이 이루어지기 힘들고 오히려 적성을 망치기 일쑤이다. 음악이나 언어 등에 재능이 있는 학생이 꼭 수학을 잘할 필요가 없음에도 불구하고 학교에서는 매일 수학을 가르치고 꼬박꼬박 수학 시험을 쳐 기어이 성적 불량 학생이나 낙오자로 만들어 버린다.

재능이 뛰어난 학생일수록 다른 분야에 대한 관심이 적기 마련이라 학교는 어떤 면에서는 재능의 지옥이라 할 수 있을 것이다. 재능과 상관없는 학생들의 경우에도 평생 한 번 쓰지도 않을 미적분 때문에 인생에서 낙오되는 경우가 비일비재하다. 그럼에도 사실상 이런 학교 교육을 탓할 수만도 없다는 게 아이러니다.

다른 나라와의 경쟁에서 뒤처지지 않으려면 인재를 키워야만 하기 때문에 막대한 세금을 들여 교육을 베푸는 국가로서는 학생이 원하고 좋아하는 길로만 학교를 이끌 수 없는 것이다.

그렇다 하더라도 학교에서 학생들을 이끄는 교육의 방법론에 대해서는 크나큰 우려를 금할 수 없다. 아무리 은폐하더라도 학교는 공부 잘하는 학생에게는 상을 주고 못하는 학생에게는 벌을 주는 프레임에서 벗어날 수 없기 때문에 우수한 학생들일수록 습관적 경쟁에 빠지게 된다. 1등을 하면 선생님과 부모가 칭찬하며 아이들이 모여드니 이걸 포기하기 어려운 것이다.

1등의 만족감과 성취감이 크면 클수록 1등을 하지 못했을 때 겪어야 하는 고통 또한 크기만 하다. 세상은 넓은 곳으로 나가면 나갈수록 1등을 할 수 있는 기회가 줄어들기 마련이다. 1등을 좋아하도록 특화되어 있는데 1등을 할 기회가 점점 없어진다는 건 행복과는 차츰 멀어지고 불행과 동거할 시간이 점점 많아진다는 사실과 다름없다.

그러므로 생각이 깊은 부모는 자식이 1등을 하고 왔을 때 함부로 칭찬하지 않고 사랑하는 자식이 끝없는 경쟁이라는 마음의 지옥에 빠지지 않도록 배려할 수도 있을 것이다.

인류의 스승들은 학교와 정반대의 길을 가르친다. 가

령 회사에 나와 같은 과장이 열 명 있을 때 학교 교육대로면 당연히 그들을 제치고 먼저 부장이 되어야 잘하는 것이지만 인류의 스승은 그들이 잘될 수 있도록 보이지 않게 도와주라고 가르치는 것이다.

학교 교육에 따르면 동료가 공을 세웠을 때 겉으로는 축하하지만 속은 편하지 않다. 그래서 보이지 않는 곳에서 험담도 하고 모함도 하며 질투와 갈등으로 스스로 고통받곤 하는 것이다. 인류의 스승이 가르치는 대로면 진정 그의 성과를 기뻐하고 아낌없이 칭찬하게 되므로 자연히 행복해지고 가식의 인간관계가 아닌 진실의 인연이 익어가게 된다.

이런 일이 평생 반복되면서 사람의 인품과 인격이 결정되므로 우리는 눈앞의 경쟁에 특화된 학교 교육에서 벗어나 더 큰 영혼과 정신의 물결에 몸과 마음을 맡겨 나가야 하는 것이다.

학교 교육을 거부하는 것이 결코 바람직하지는 않지만 학교 교육만으로 긴 인생을 살아가는 것은 너무도 위험하다. 인류의 스승은 도처에 있으므로 마음만 먹는다면 누구든 만날 수 있다.

오늘도 애틋한 마음으로 자식을 학교에 보내는 부모들이 이 문제를 곰곰 생각해 보기 바란다.

첫 문장이 유명한 소설

기가 막힌 첫 문장을 가진 소설들이 있다. 천재 작가 이상의 「날개」는 "박제가 되어버린 천재를 아시오?"라는 문장으로 시작하는데 사실상 이 구절만 보면 소설을 다 읽은 거나 다름없다. 이 소설의 마지막 문장 또한 심장의 근육을 꽉 잡아 조인다.

"날개야, 다시 돋아라, 날자, 날자, 날자, 한 번만 더 날자꾸나, 한 번만 더 날아보자꾸나."

복잡한 현대 문명뿐만 아니라 그 느슨한 시절에도 예민한 사람들은 지금과 똑같이 자아를 찍어 누르는 압박감을 느꼈던 모양이다.

가와바타 야스나리의 『설국』 또한 문체 미학의 절정에 서 있다.

"국경의 긴 터널을 빠져나오자 설국이었다. 밤의 밑바닥이 하얘졌다."

일본이라는 나라를 가장 잘 나타내 주는 작품 『설국』은 눈과 온천만이 있는 그곳 니이가타에 가면 절로 소설이 마구 튀어나올 것 같은 느낌을 준다.

첫 문장은 아니지만 마지막 문장이 너무도 인상적인 작품이 갑자기 떠오른다. 제1차 대전의 참혹함을 그린 레마르크의 『서부 전선 이상 없다』로 반전 소설의 효시라 할 수 있는 작품이다. 이 작품은 여기저기서 전쟁의 논리를 비정하고도 코믹한 대화로 보여준다.

"우리는 누구를 위해 싸우는 거죠?"
"조국을 위해 싸우는 거지."
"프랑스놈들은요?"
"모국을 위해 싸우지."
"그럼 누가 옳은 거죠?"
"그야 이긴 놈이 옳은 거지."

전쟁의 온갖 비인간적 모습을 보여주던 주인공이 사망한 바로 그날을 묘사하며 소설은 끝난다. 종전을 불과 며칠 앞두고 너무나 고요하고 평화로웠던 그날 아무런 방향성도 없이 날아온 유탄에 맞은 그의 시체 위로 전선을 타고 흐르는 무전병의 타전이 단연 압권이다.

"서부 전선 이상 없음.(Im Westen nichts Neues.)"

모든 멋진 첫 문장 중에 나의 베스트는 단연코 알베르 카뮈의 『이방인』 첫 구절이다.

"오늘 엄마가 돌아가셨다. 아니, 어쩌면 어제였는지도. 모르겠다.(Aujourd'hui, maman est morte. Ou peut-être hier, je ne sais pas.)"

이 간단한 한 줄은 전 세계 젊은이들의 열광적 환호를 받으며 실존을 대표하는 상징적 문구가 되었다. 어머니의 죽음이라는 세상에서 가장 큰 사건을 맞이한 주인공 뫼르소. 그러나 그는 그 운명의 대사건에 대해 희한한 반응을 보인다. 별 관심 없다는 듯. 한마디로 불효자요, 그 이전에 인류의 파괴자이자 삶에 대해 극도로 무책임한 사람이다.

그의 이런 반응은 당연히 나중 그의 재판에서 치명적으로 불리하게 작용한다. 이런 인간 같지도 않은 자를 처벌하는 것은 법을 다루는 재판관뿐 아니라 온 인류의 의

무요, 인간의 타락을 방지하기 위하여 누구나 나서서 단죄해야 할 일임에 틀림없다.

부모가 돌아가시면 죄인을 자처하며 무덤 옆에 움막을 치고 3년 상을 치렀던 우리나라에서는 이런 존재가 있다는 사실 자체부터 도저히 받아들일 수 없을 터였다.

그런데 도대체 왜 세계의 젊은이들은 이런 패륜아에게 그토록 환호했을까.

그것은 아마도 이 패륜투성이 발언이 세계 젊은이들의 마음을 속 시원하게 대변했기 때문이 아닐까. 두 차례의 세계 대전을 겪으며 인간 사회에 대한 신뢰를 모조리 잃어버렸음에도 불구하고 여전히 의식을 압살해오던 도덕과 윤리, 종교와 관습, 반드시 따라야만 했던 온갖 종류의 보편적 진리. 이에 저항해 선악이든 도덕이든 정의든 나와 연관된 건 모두 내가 해석하고 내가 결정한다 외치고 싶었으나 어떠한 철학적 사상적 근거도 찾지 못하던 젊은이들의 의식 속에서 이 간단한 문장 하나가 대폭발을 일으킨 것이다.

당신들이 그렇게나 종용하고 강요하던 그 모든 미덕

들, 그 모든 천국들은 결국 기만이 아니었던가. 수백 수천 년간 강요되어 온 그 위대한 가치들의 카테고리 안에서 숨조차 내쉬기 어려웠던 전후 젊은이들에게 이 구절은 의식의 해방으로 가는 마지막 비상구였을 것이었다.

송광사 가는 길

우리나라의 수많은 절 중에서도 삼엄하고 정갈하기로는 순천 송광사가 단연 제일이다. 이 절의 승려들이 얼마나 공부에 정진하는가는 굳이 승려를 만나 얘기를 나누지 않더라도 나뭇잎 하나 꽃잎 하나 허투루 떨어져 있는게 없는 경내를 한번 걸어보면 바로 느껴진다. 절 가운데를 흐르는 투명하리만치 맑은 개천은 이 절의 깊이를 더해 송광사라는 이름만 떠올려도 여울진 마음이 다 씻겨나가는 것만 같다.

나는 과거 언젠가 송광사를 방문한 뒤 식사를 하려고 사찰에서 입구 쪽 식당가로 내려와 일렬로 늘어선 식당들을 보며 사색에 잠겼던 적이 있다.

옹기종기 모여있던 열 곳 남짓의 식당들은 서로 경쟁이라도 하듯 번듯한 간판을 새로이 달고, 화려한 전광판도 달았으며 마당을 터 주차장도 만들었다. 특히 여러 방송사의 유명 프로그램에 소개되었다는 현수막을 마치 명패처럼 주렁주렁 달아둔 모습은 퍽 위풍당당했다. 어느 식당으로 들어갈까, 좀처럼 갈피를 잡지 못하는데 내 주변에도 이리저리 시선을 돌리는 사람들이 꽤나 있었으니 모두 비슷한 고민인 모양이었다.

그런 가운데 식당가 끄트머리의 다 낡아빠진 한 집이 눈에 들어왔으니 상호가 적힌 간판이 아니었다면 식당이라 생각조차 못 했을 만큼 형편이 없었다. 나는 즉시 내 작은 아들을 끌고 그 식당으로 향했다. 깔끔하지 못해 '굳이?' 하는 표정이길래 나는 "이놈아, 저 집이 최고야." 하고 놈의 입을 막아버린 채 낡은 그곳에 들어갔다.

과연 좋은 재료와 정성으로 내어놓은 훌륭한 반찬이 십수 개나 줄지어 나오고서도 둘이 합쳐 고작 이만 원이었으니 늙은 아비의 안목이 아들놈보다는 나았던 모양이다. 배불리 먹고 거스름까지 도로 밀어주며 나오는데 아들이 맛있게 먹었다며 좋아하면서도 물었다.

"아버지는 저 집이 맛있을 줄 어떻게 아셨어요?"

"대체로 남에게 무엇을 팔려 하는 사람은 으레 자기 가게를 대단히 선전하게 마련이다. 그런데 저 가게는 행색은 허술하지만 으리으리한 가게들 사이에서 당당히도 영업을 하니 무척 자신이 있는 것이 아니겠느냐."

하며 『허생전』을 빌려 답했지만, 이놈이 책을 읽지 않아 알아듣고 웃어주지는 않았다. 대신 자기가 입은 헐렁한 티셔츠와 반바지를 가리키며 "저처럼 말이지요?" 하며 어깨를 으쓱였다. "네가 배가 잔뜩 나와서 그래, 이놈아." 하면서도 한편으로는 제 또래처럼 외모를 꾸미는 데긴 시간을 쓰지 않는 녀석이 기특하기도 했다.

경쟁적으로 꾸미고 선전하는 것들은 오히려 대동소이하다. 특이하고 신선한 무언가가 새롭게 등장하면 많은이들이 그것을 따라가고 이내 비슷한 것들로 넘쳐난다. 얼마 전까지만 해도 식당, 카페 할 것 없이 누가 더 잘 꾸미는지 시합이라도 하는 것 같더니 요즘은 반대가 또 유행인지 짓다 만 것 같은 가게들이 잔뜩 보인다.

흐름에 뒤처지지 않고 따르려는 노력은 당연히 의미가 있다. 그러나 오랜 시간 큰 변화 없이 우두커니 제자리를 지켜온 것들이 주는 기대감도 분명히 있다. 우리는 어느 동네를 가더라도 가장 허름한 식당으로 들어가면 대개 맛집이더라는 경험이 있다. 오랜 시간 동안 방문했던 손님들에게 신뢰를 쌓고, 스스로 치장하지 않더라도 반드시 다시 방문해주는 이들로 넘치는 그런 식당 말이다.

인생도 그렇다. 정보가 범람하는 요즘 시대는 혹 무엇 하나라도 놓칠까 전전긍긍하며 타인의 삶으로부터 눈을 떼지 못하고 새롭고 나은 무언가를 찾아 헤매는 것이 이상하지 않다. 누군가 좋은 차를 사면 따라 사고, 명소를 찾거든 따라 찾고, 맛있는 음식을 먹거든 먹어 보아야 직성이 풀리는 피곤한 삶이 강제되는 것이 자연스럽기만 하다. 끊임없이 타인을 염탐하며, 타인의 시선을 종일 신경 쓰는 삶이라니.

남에게 쏠렸던 시선을 나에게로 가져와야 한다. 남이 어떤 일을 하는지 신경 쓰기보다 내가 어떤 일을 해야 하는지에 더욱 집중해야 한다. 그저 제 할 일을 다하며 삶을 스스로 충실하게 만들어 가야 하는 것이다. 송광사 가는 길의 그 허름한 식당처럼.

이기적 유전자와 이타적 희생

리처드 도킨스(Richard Dawkins)가 1976년 발간한 『이기적 유전자』라는 책은 대단한 유명세를 누리는 것이 분명하다. 책을 읽지 않은 수많은 사람들조차도 그 제목만큼은 익히 들어 알고 있고 막연히 '인간의 심성은 원래 이기적인 것인가 보다'라는 생각마저 심어주니 말이다.

도킨스는 이 책에서 인간의 사회적 행동도 유전자에 의해 좌우된다는 소위 '유전자 결정론'을 주장하여 사회생물학 논쟁에 불을 붙였다. 진화의 주체가 인간 개체나 종이 아니라 유전자이며 인간은 유전자 보존을 위해 맹목적으로 존재하는 숙주에 불과하다는 생각.

이에 따르면 인간의 모든 행동들이 유전자를 존속시키고 번식시키기 위해 프로그램된 것일 뿐이라는 것이다. 인간이라는 생명체는 죽지만 유전자는 번식을 통해 계속 살아남아야 하므로 인간이 가족을 사랑하는 성향도 자기와 비슷한 유전자들을 되도록 많이 남기기 위한 유전자의 이기적 전략에 의해 만들어진 프로그램에 불과하다는 주장이다.

유전자는 어떤 형태를 띠든 간에 오로지 자신의 생존과 번식에만 골몰하는 이기적인 존재이며 인간을 포함한 모든 생명체는 자신의 주인인 유전자를 보존하기 위한 운송 수단에 불과하다는 도킨스의 이러한 주장은 자연 선택에 의한 진화는 무엇이든 이기적일 수밖에 없다고 본 다윈의 진화론을 극단적으로 첨예화한 것이다. 인간이 지금까지 살아남고 지구상 최고로 복잡하고 고도의 지능을 갖춘 생명체로 진화한 것이 바로 이러한 이기적 유전자의 힘이라는 것이다.

이런 논리를 확대하면 인간의 탐욕이나 모든 이기적 행동들도 이기적 유전자의 생존 본능에 불과하다는 면죄부를 주는 것처럼 보인다. 유전자의 자기 복제에 도움 되는 활동이 우선이고 그렇지 않은 활동은 부수적이며 위선적인 것이기 때문이다. 이렇게 보면 수단과 방법을 가리지 않고 높은 지위와 권력을 추구하며 가능한 많은 후손을 퍼뜨리는 것이 존재의 본질이고 나머지는 위선이라는 논리마저 가능해진다.

과연 그런 것인가? 그렇다면 인간은 고도의 전자 현미경이 아니면 눈으로 볼 수조차 없는 단세포 생물체들이나 무생물인지 생물인지조차 구분할 수 없는 바이러스 같은 것과 무엇이 다른가?

도킨스의 주장을 달리 생각해 보자.

그가 개진한 이론의 결정적 한계는 인간이 이룩한 지능이라는 무형의 물질을 보지 못한 데 있다. 도킨스의 주장은 흥미로운 이론이기는 하지만 존재의 하부 구조를 설명하는 데 불과할 뿐 존재 전부를 설명할 수는 없다.

인간은 더 의미가 있다고 생각할 때 행복 대신 불행을 택하기도 한다. 원초적 본능만 갖춘 바이러스와는 갈래를 달리하는 인간만의 힘이다.

인간에게는 기본적으로 두 가지 능력이 있다. 육체적 능력과 인지적 능력이 그것이다.

특히 인지의 축적은 생물체 중 인간만이 이룩한 성과이다. 인간과 동물의 차이를 보더라도 후각이나 청각 등 동물이 앞서 있는 부분이 많다. 그런데 인간이 동물에 절대적으로 앞서는 차이는 지식의 축적에 있다. 다른 동물들은 아무리 앞선 기능을 가졌다 해도 대부분 그 한 세대에 끝나지만 인간의 지식은 끊임없이 축적된다.

이어지고 쌓이는 것, 이것이야말로 위대한 인류의 힘이다.

인류의 진화와 도전의 순간

지구상에 우리 인류가 탄생한 건 약 700만 년 전이다.

우리 인류는 여러 형태로 진화해 왔다. 때로는 난쟁이로 때로는 거인으로 변화하며 가장 경쟁력 있는 종으로 진화를 거듭하다 마침내 네안데르탈인이 되었다. 이 네안데르탈인은 가슴이 넓고 목이 짧으며 힘이 센 사람들이었는데 일부 현대인에게도 그 모습이 상당히 남아있다.

이들이 살던 시대는 빙하기로 그때는 북반구가 거의 얼음에 덮여 있었기 때문에 이들은 그중 가장 따뜻한 남유럽에 모여서 살았다. 지금의 남프랑스와 스페인 지역으로 이 지역의 크로마뇽이라든지 알타미라, 라스코 같은 동굴에서는 네안데르탈인의 삶을 알 수 있는 벽화가 상당수 발견되곤 한다.

이들은 수렵과 채취로 삶을 영위했는데 비교적 따뜻한 들판에서 살다 보니 단순하지만 안정적인 생활을 오랜 기간 이어갈 수 있었다.

그런데 어느 날 이들 중에 이상한 무리가 생겼다. 이들은 갑자기 편안한 주거지를 떠나 어디론가 걸어나갔다. 오랜 유랑을 거쳐 이들은 미지의 땅 아프리카까지 도달했고 거기서 죽을 고생을 거듭하며 대를 이어나갔다.

그들 중에는 아프리카 어딘가에 남아 정착한 사람들도 있었고 여전히 어디로 가는지도 모르고 걷고 또 걷는 괴로움의 여정을 지속한 사람들도 있었다. 이들이 왜 그 안락한 남유럽의 주거지를 떠났는지는 알 방법이 없다.

여하튼 이들은 알 수 없는 미래를 향해 떠났고 수천 년의 세월이 지난 후 아프리카에서 나와 처음 떠났던 남유럽을 지나치게 되었다. 그들은 그곳이 자신의 조상들이 살던 곳임도, 거기서 여전히 수렵과 채취를 하며 살고 있는 사람들이 동족임도 모른 채 마주쳤다.

사실 이 두 집단은 더 이상 동족이 아니었고 심지어는 동종도 아니었다. 오랜 세월이 지나는 동안 아프리카로 들어갔다 나온 집단은 아예 종이 바뀌어 네안데르탈인이 아닌 이종이 되어버린 것이다. 이들이 호모 사피엔스, 생각하는 사람이라는 뜻으로 바로 현대인이다.

수만 년간 같은 자리에 평안히 있던 네안데르탈인과 다르게 이들은 끝없는 유랑을 거듭하며 수없이 많은 위험을 만나 목숨을 잃고 굶주렸지만 지능이 크게 발달했다.

자신들의 지역에서 힘을 자랑하며 당당하게 살았던 네안데르탈인과 달리 이들은 낯선 곳에서 위험을 피하느라 몸이 민첩하고 가늘어졌으며 무엇보다도 목이 길어졌다.

목이 길어졌다는 건 성대가 길어져 넓은 음역에서 다양한 소리를 낼 수 있다는 얘기로 새로운 인종은 의사소통 능력에서 네안데르탈인을 압도했다.

달라진 두 종족이 만나서 잘 살았으면 좋았으련만 이들은 생존을 놓고 정면으로 격돌했고 지혜와 소통 능력이 뛰어난 호모 사피엔스는 자신들보다 훨씬 힘이 센 네안데르탈인들을 완전히 절멸시켜 버렸다.

빙하기가 끝나자 이들은 다시 이동하여 중동에 정착해 그 집적된 지혜로 인류 최초의 문명을 일으켰는데 이것이 바로 메소포타미아 문명이다.

나는 일부의 네안데르탈인이 어디로 가는지도 모른 채 미지의 세계, 알 수 없는 내일을 향해 안온한 남유럽을 떠난 때를 도전의 순간이라 부르고 싶다. 우리 호모 사피엔스는 이처럼 도전에서 태어난 것이다.

인류가 도전을 좋아하는 이유는 모든 면에서 열악한 도전자가 그 고난과 역경을 실존적 성실과 인내로 극복하고 결국은 승리를 쟁취하는 과정에 감동하기 때문이다. 그래서 나는 이 위대한 도전의 정신을 항상 볼 수 있는 스포츠를 좋아한다.

2006 월드 베이스볼 클래식 결승전에서 일본이 한국을 꺾고 우승한 적이 있다. 그때 일본의 간판타자 스즈키 이치로가 "이길 만한 팀이 이겼다."라고 호언했는데 이것은 스포츠 정신과는 너무도 거리가 먼 발언이라 즉각 미국으로 칼럼을 써 보냈던 기억이 있다.

스포츠에는 이길 팀이란 없다. 오직 도전하는 팀이 있을 뿐이다.

비극이 사라진 사회

모든 인간은 비극적 존재이다.

품었던 이상은 흐릿해지기 마련이고 꿈은 깨지며 일이란 실패하기 마련이다. 이러한 현상이 무한 반복되는 것이 세상의 본질이니 삶은 고통과 비탄과 슬픔에 언제나 맞닿아 있다.

하지만 인간이 위대한 것은 이런 세상으로부터 도피하지 않고 자신의 운명을 정면으로 응시하며 헤쳐 나간다는 데 있다. 어쩌면 이것을 성공이라 말할 수 있을 것이다. 하지만 성공은 소수에게만 주어지는 운명이라 우리 대다수의 인생은 언제나 슬픔과 비극에 물들어 있다.

그러므로 새삼스럽게 비명을 지르거나 통곡에 빠질 일이 아니다. 일상 속에서 언제나 삶의 깊이를 음미하며 드물게 맛보는 기쁨과 즐거움을 기억 속에 소중히 간직하는 것이 알 수 없는 세상을 살아가는 우리의 바람직한 자세일 것이다.

슬픔과 비극은 분명 피하고 싶은 그 무엇이지만 이상하게도 이 슬픔과 비극이 없는 삶은 가볍고 공허하다. 어쩌면 천박하다 말할 수 있을지도 모르겠다. 인간의 삶이 누군가와 같이 걸어가는 것이라면 이해와 공감이야말로 필수 아미노산인데 슬픔과 비극을 진지하게 나누는 기회가 없다면 껍질만의 이해와 공감으로 우리의 삶을 치장하고 있는지도 모른다.

슬픔과 비극을 담은 대화야말로 우리가 타인과 교감하는 진정한 신호이며 우정과 사랑을 찾으려 가슴 깊은 곳에서 속삭이며 흘러나오는 샘물과도 같다. 오랜 친구에게든, 새로이 사귀는 사람에게든 어떤 슬픔을 갖고 있는지, 내가 무슨 도움이 될 수 있는지 관심을 갖는 게 진정한 관계를 원하는 사람이 할 일이 아닐까.

언제부터인가 우리 사회는 슬픔과 비극을 외면하고 있다. 조금 더 자세히 말하자면 슬픔과 비극을 가진 사람과 거리를 두려는 사람들로 넘쳐나는 것이며 상대가 가슴속에 품고 있는 안타까움이 무엇인지, 어떤 대화를 나누어야 할지에 대한 사려가 실종되고 있는 것이다.

그 배려와 진지함이 사라진 공간을 매끄럽고 과시적인

대화들이 메우고 있다. 그리고 이러한 대화에는 철저하게 손익의 계산을 거친 단어들이 동원되고 있다. 과시와 자랑은 넘치되 당신을 돕지는 않는다는 신호가 분명히 담긴 대화 속에서 사람들은 그 어떤 진지함도 상실한 채 질투와 미움을 간신히 가린 경계선의 대화를 잔뜩 교환한다. 그러고 나서 집에 돌아와 나는 그 전쟁에서 이겼던가, 아니면 졌던가를 평가하며 만족과 불만족 중 하나를 선택하고 다음의 전쟁을 준비하는 것이다.

어떤 진지한 공감도 애정도 없는 일상을 겪으며 우리 존재는 점점 가벼워지고 있다. 매일 수많은 대화를 나누지만 말을 섞을수록 점점 외로움만 더하는 이런 삶을 이제 타파하는 것이 좋겠다.

그리하여 우리가 타인과 나누는 대화는 상대가 어떤 비극을 겪고 있으며 어떤 슬픔 속에서 헤어나지 못하고 있는지 묻고 같이 대처할 수 있는 방법을 찾아가는 대화가 되어야 한다. 우리의 삶이 그간의 수치적, 물질적 평가에서 벗어나 들리지 않는 내면으로부터의 소리로 차곡차곡 채워질 때 삶은 본질에 좀 더 가까이 다가선다. 그리고 타인에 대한 이해와 공감의 깊이가 더해짐에 따라 진정한 힘이 생기고 의미 있는 길이 이어질 것이다.

개인의 삶만이 아니라 사회 또한 마찬가지이다.

한국 사회를 괴롭히고 후진성을 탈출하지 못하게 하는 많은 현상의 원인이 정치에 있는 것 같아도 사실 깊이 들여다보면 비극을 거세해 버린 개인의 삶에 그 원인이 있다. 예쁘게 단장한 얼굴로 쉴 새 없이 겉모습만 과시하는 일상, 마치 기쁜 일만 있고 오직 행복만이 있는 듯 가식적인 말의 홍수 속에 진실은 질식하고 동행의 길은 메말라 버린다.

진지한 삶은 언제나 인간의 본질, 바로 슬픔과 비극 위에 존재한다. 누군가와 사랑과 우정이 담긴 진정한 대화를 나누고 싶다면 즐거운 내용이 아니라 우울한 내용의 대화로 시작해야 할지 모른다.

상대는 어떤 어려움을 겪고 있는지 진지하게 묻는 것이다.

"요즘 혹시 힘든 일 있어요?"

부처

인류사에는 위대한 인물이 헤아릴 수 없을 정도로 많다. '이 중 누구의 삶이 가장 위대한가'라는 질문을 받는다면 참으로 대답하기 어려울 것이다. 큰 땅을 정복한 알렉산더나 칭기즈칸을 꼽는 사람도 있을 테고 만유인력의 뉴턴이나 상대성이론을 주장한 아인슈타인을 꼽는 사람도 있을 터다. 전쟁터를 누비며 부상과 죽음의 공포에 시달리는 병사들을 살린 나이팅게일이나 앙리 뒤낭, 또는 평생을 약자와 가난한 자를 도우며 자신을 희생한 테레사 수녀 등을 꼽기도 할 것이다.

오늘 나는 부처를 꼽고 싶다.

부처는 왕자로 태어났으나 어린 시절부터 궁을 떠나 고행하며 진리에 이르려 노력하였고 30대에 이르러 결국 크게 깨달아 수많은 사람이 추종하는 지존이 된다. 온 천하에 그를 따르는 무리들이 차고 넘쳤지만 그는 늘 검소

했으며 자신이 먹을 것은 자신이 직접 동냥하였다.

부처는 부자 동네로 동냥 가는 날과 가난한 동네로 가는 날을 정해 평생 지켰는데 자꾸 부자 동네로 발길이 향하는 걸 막기 위해 이런 규칙을 정했을 터이다. 이걸 보면 아무리 크게 깨달아도 인간이 욕심에서 벗어나는 일은 불가능한가 보다.

예로부터 지금까지 이 지구상에는 깨달음에 이르고자하는 사람이 셀 수 없이 많고도 많다. 이들이 모두 실패하는가 하면 그것은 아니다. 종교를 통해서건, 아니면 수도를 통해서건 깨달음에 이른 사람은 부지기수이고 심지어는 부처만큼 깨달았던 사람도 분명 존재할 것이다. 그런데 문제는 깨닫는다고 모든 게 다 해결되는 게 아니라는데 있다. 깨닫고 난 다음 어떻게 살 것이냐가 진정 어려운 문제인 것이다. 부처의 위대함이 바로 여기에 있다.

다른 모든 깨달은 자들이 자신 앞에 남은 길고 긴 삶, 여전히 먹여야 하는 육체를 견디지 못하고 파계하거나 미치거나 자살한 것에 비하면 부처는 죽을 때까지 가장 평범한 삶을 살아냄으로써 깨닫는다는 것의 진정한 본질이 무언인지를 깊이 생각하게 해준다.

즉 깨달음을 얻은 사람은 자신의 행복을 위한 본능적이고 쉬운 길을 가는 게 아니라 남을 위해 무겁고 어려운 길을 가는 존재이며 깨닫는다는 것은 이런 자세가 된다는 의미라고 그는 긴 세월의 삶을 통해 보여준다.

그러므로 불교를 제대로 믿는 길은 남을 위해 봉사하는 것이다. 세상의 고등 종교들은 예배 방식도 다르고 교리도 다르지만 그 궁극적 가르침은 한결같이 남을 위해 살라는 것이다.

철학 또한 마찬가지의 결론을 제시한다. 철학의 건조한 논리 구조를 좇아가면 '진리란 없다'는 결론에 이르게 되어 허무주의에 도달하지만 사실 참된 허무주의는 모든 것의 부정이 아니다. 거기서 한 번 더 힘을 내 긍정의 올바른 길을 찾아가는 존재가 진정한 허무주의자임을 많은 위대한 스승들이 보여주고 있다.

그 길 역시 남을 위한 봉사였으니 종교든 철학이든 결론은 하나로 통하는 것이다. 깨달았다 해서 쉽게 죽어버리거나 멋대로 나풀대지 않고 지루하고 무거운 길을 긴 긴 세월 살아갔던 석가는 진리란 남을 위해 노력하는 그 이상도 이하도 아니란 걸 온몸으로 보여주었던 인류의 큰 스승인 것이다.

세상을 잘 살아가는 세 가지 비결

　세상의 인간들 중 가장 똑똑한 사람들이 천착해 온 분야가 바로 철학이라 할 수 있는데 철학은 크게 나누면 니체 이전과 이후로 분류된다.

　니체 이전의 철학은 세상에는 보편의 진리라는 게 있다고 생각했고 그것은 플라톤의 이데아론에서부터 출발했다고 볼 수 있다. 플라톤은 이 세상에는 이데아라는 일종의 정신 같은 게 있고 그 이데아는 온 세상에 떠 있으면서 인간은 그 이데아를 가진 한 조각에 불과하다고 생각했다.

　이 이데아 이론은 칸트의 선험론과 헤겔의 정신현상학으로까지 이어졌는데 요체는 역시 세상에는 본래부터 보편적 정신이 있다는 것이다. 그러니까 인간은 교육을 받거나 무엇을 경험하기 전부터 존재해온 어떤 가치를 갖게 되어있고 그것이 진리라는 것이다.

그런데 니체는 이 모든 것을 거부했다. 이 세상에 무슨 보편의 진리가 있다는 말이냐. 진리든 정의든 개체에 따라서 다 달라지기 마련이다. 너에게 행복인 것이 모두에게 행복은 아니다. 오히려 내게는 불행일 수도 있다는 주장이다.

여기서 해석이라는 한 방법론이 나온다. 해석은 나의 두뇌로, 나의 상황으로 이 세상을 진단하겠다는 것이다. 객관적 진리 하나가 있는 게 아니라 만 명의 인간이 있으면 만 개의 세계가 있는 것 아니냐는 것이다.

진리든 가치든 모든 것은 나의 삶에 의해 만들어진다는 내용의 니체 철학을 생철학이라 분류하기도 하는데 이것은 그다음의 실존주의로 이어진다. 실존 철학은 그 전까지의 조화롭고 질서 잡힌 세상을 모두 부정한다. 인간은 자신의 의사와는 아무 상관없이 거칠고 야욕이 넘치고 이기적인 세상에 던져졌다고 생각하는 것이다.

그런데 이 실존 철학은 아무리 세상이 살기 힘든 곳이라 해도 본인이 본인 삶의 주인은 될 수 있다는 점에서 암울한 세상에 하나의 비상구가 열려있다 생각한다. 즉

자기가 자기 인생의 요리사라는 것이다. 이런 시각에서 실존 철학은 하나의 진리를 던지는데 어쨌거나 성실하게 살아야 한다는 것이다. 이 실존적 성실은 삶의 비상구를 제시했지만 동시에 철학의 죽음을 뜻하기도 한다. 존재와 삶에 관한 확답을, 이제 더 이상 철학을 통해 얻을 수 없기 때문이다.

니체의 초인, 사르트르의 무, 카뮈의 저항하는 인간, 하이데거의 존재… 이런 개념들은 허무주의를 극복하고 자신이 이끌어가는 삶을 살자는 것이다. 그런데 과연 어떤 삶이 창의적이고 주체적인 초인의 삶인가에 대해서는 정답이 없다.

즉 어떻게 사는 게 이 거친 세상을 잘 살아내는 길이냐 하는 문제에 대해 사람들은 해답을 찾아내기 힘들다.

이 지점에서 나의 생각을 내놓자면 일단 삶을 잘 사는 방법은 세 가지인 것 같다.

하나는 무조건 남을 위해 사는 것이다. 모든 고등 종교의 가르침이 바로 이것이며 생물학적 시각에서 봐도 인간은 46억 년이라는 오랜 역사를 거치는 동안 뭉쳤을 때 생존했고 흩어졌을 때 절멸되었다는 사실을 유전자 속에 깊이 담아두고 있다.

따라서 남을 위해 무언가를 했을 때 가장 큰 기쁨과 의미가 오게끔 유전자 자체가 배열된 것이다.

또 하나는 내면의 세계를 가지는 것이다.

돈을 많이 벌어 행복하게 살겠다는 꿈도 있지만 정반대로 돈을 많이 안 벌고 대신 검소하고 소박하게 살겠다, 그리고 남는 열정과 시간을 좀 더 의미 있는 일에 쓰겠다는 사고법도 있다. 외면보다는 내면을 키우겠다는 것인데 현실을 보면 후자의 길을 걷는 사람들이 훨씬 많이 행복을 느끼는 걸로 보인다.

마지막 방법은 자신만의 파라다이스를 개발하는 것이다. 자신이 좋아하는 것, 그게 취미이든 행위이든 믿음이든 자신이 가장 좋아하는 걸 찾아내 그것을 평생 간직하고 실행하며 이 거친 세상을 천국으로 바꾸는 것이다.

그들은 아름다웠다

■ 작가의 말

세상이 아무리 거칠고 야욕이 넘치는 위험한 곳이라 해도
세상에는 우리를 감동시키는 아름다운 사람들이 있다. 하
여 우리는 살아갈 수 있는 것이다.

내가 만난 도사

사람들은 오랫동안 도사라는 존재에 관심을 가져왔다. 도사의 이미지란 깊은 산속에서 하늘만 쳐다보며 앞일을 예측하는 은둔형부터 마음 내키는 대로 행동해도 어리석음이 하나 없고 어떠한 실수도 저지르지 않는 일상형까지 다양하다.

장자는 소 잡는 백정을 예로 들며 도사를 설명하고 있다. 이 백정의 칼은 결코 소의 뼈와 심줄에 부딪치는 적이 없이 항상 그 사이사이를 파고들어 소를 아무리 잡아도 닳지 않아, 한 번 갈아줄 필요조차 없으니 이를 도사라 하지 않을 수 없다는 거다.

헤르만 헤세 역시 자신의 작품 『싯다르타』에서 고행을 통한 수도에 실패하고 고향으로 돌아오던 싯다르타가 자신을 건네주는 뱃사공의 능숙하고 여유로운 모습에서 진정한 도인의 모습을 발견하고는 다시 수도에 정진하여 결국 득도한다는 이야기를 진행시킨다.

그렇게 보면 도사란 무위도식하는 존재가 아니고 자신의 일을 가지고 있으며 그 일을 통해 깊은 경지에 들어서 있는 존재를 말하는 듯도 하다. 그 경지란 쓸데없는 말이나 동작, 또는 감정의 동요가 없이 자신이 원하는 바를 가장 간단하고 직선적으로 이루어내는 경지를 말하는 것일 테다.

돌이켜 보면 우리들의 삶이란 언제나 과도한 감정, 지나친 언사, 불필요한 동작으로 점철되어 자신이 원하는 바를 깔끔하게 이루지 못하니 이런 것들로부터 해방되어 있다면 도사라 칭해도 과하지 않을지 모른다.

그러고 보니 떠오르는 한 사람이 있다.

어느 날 동네 당구장에서 한 시간가량 혼자 당구 연습을 하고 있던 손님 한 분이 그냥 나가려 하자 주인이 그를 불러 세웠다.

"오천 원입니다."

"혼자 쳤어요."

예전부터 영세한 당구장에는 혼자 온 손님이 같이 칠 상대가 없어 연습구를 치는 데 대해서는 돈을 받지 않는

관행이 있었다. 대부분은 주인이 상대가 되어 쳐주는데 시합을 해 주인에게 질 경우에만 게임값을 내곤 하는 전통이 있어 당구장에는 혼자 오는 손님도 꽤 있는 편이었다. 그러나 우리 동네 당구장은 주인이 달리 돈을 잘 벌고 있는 터라 손님을 상대로 당구를 쳐주지도 않고 별 관심도 보이지 않는다. 그렇다고 혼자 오는 손님을 받지 않을 수는 없는 노릇이니 주인은 머리를 써 혼자 오는 손님이 상대가 없어 연습구를 칠 경우에는 30분에 얼마, 한 시간에 얼마를 받는다는 안내문을 붙여두고 있었다.

"혼자 연습구를 쳤을 경우에도 돈을 받습니다."

"몰랐어요."

"여기 안내문이 있잖아요."

주인은 힘 있는 손짓으로 카운터 옆에 붙은 안내문을 가리켰다. 과연 거기에는 주인이 만든 이러저러한 규정이 적혀있어 손님은 돈을 내는 외에는 달리 방법이 없어 보였다. 그런데 다음 순간 나는 귀를 의심하지 않을 수 없었다.

"나는 한글 몰라요."

손님의 입에서 튀어나온 의외의 한마디였다. 너무 뜻밖이라 나의 시선은 곧바로 그 손님의 얼굴에 가서 꽂혔는데 여유가 작작하고 편안한 표정이었다.

"아니, 세상에! 한글을 몰라요!"

잔머리가 뛰어난 주인이 순간적으로 비아냥거리는 표정과 느끼한 말투로 상대방의 화를 돋우었으나 그는 전혀 동요하지 않고 고개를 끄덕였다. 주인이 당신같이 비열한 인간은 처음이라는 식의 연속된 표정과 까칠한 목소리를 내보냈음에도 그는 아랑곳하지 않더니 주인이 말을 마치자 바로 문을 열고 나가버렸다. 그가 사라진 한참 후에야 나는 그 사람이야말로 감정의 동요도, 쓸데없는 동작도, 불필요한 언사도 없이 자신이 원하는 대로 일을 가장 깔끔하게 마무리했다는 걸 깨달았다.

무엇보다도 주인의 안내문을 무력화시키기 위해 아무렇지도 않게 한글을 모른다 대답한 태도는 어쩌면 앞서 말한 도사의 경지에 이른 것일 터이다.

나는 그날 도사를 만났다 생각하고 싶다.

특허는 없다

우리 동네 제천에는 대개 사오십 대인 당구장 멤버들이 있다. 그 중 특허와 관련 있는 사람은 한 명도 없지만, 누군가 술잔을 들고 "특허는?"을 선창하면 모두 하나의 목소리로 "없다!"라고 외친다.

척 들어서는 쉬이 그 내용을 짐작할 수 없는 이 낯선 말이 우리 당구장 멤버들의 건배사가 된 건 코로나19 때문이다. 요즘의 술자리에서는 자연스럽게 바이러스가 주제로 떠오르기 마련인데 이런저런 얘기가 오가던 중 나는 소크 박사 얘기를 하게 됐다.

20세기 중반까지만 해도 인류를 가장 괴롭히는 질병으로 첫손에 꼽힌 건 소아마비였다. 어느 동네에서나 소아마비에 걸려 죽거나 다리를 저는 어린이들을 볼 수 있었는데 사실 이 소아마비는 어린이들뿐만 아니라 어른들도 곧잘 걸리는 병으로 미국 대통령 루스벨트도 39세에 이

병에 걸려 평생 다리를 절었다.

모든 나라의 국민들이 애타게 염원하는 가운데 미국 미시간대학교의 소크 박사가 하루 16시간씩 무려 7년을 노력한 끝에 드디어 백신을 만들어낸 것이다. 전 세계 언론이 몰려든 가운데 백신의 성공이 발표되었는데 이 자리에는 세계 최고의 제약사 대표들과 변리사들이 모여들어 백신의 특허권을 따내려 했다.

이 백신의 가치는 문자 그대로 돈으로 따질 수 없는 천문학적인 것이라 모든 사람들의 신경은 소크 박사의 입술에 직선으로 꽂혔다.

"특허는 없습니다."

그의 입에서 터져 나온 말에 사람들은 모두 어리둥절했다. 무슨 말인지 몰라 서로 얼굴을 쳐다보는 가운데 한 변리사가 그 뜻을 알아차렸다. 그는 소크 박사가 부족한 연구비를 충당하느라 사전에 특허권을 넘겼음을 직감하고는 자금주를 찾으려 두리번거렸다. 그러나 이때 평생 들어보지 못했던 너무도 생소한 한마디가 그의 귓전을 파고들었다.

"여러분은 태양에 특허를 낼 수 있습니까!"

이제 특허가 없다는 그의 말뜻이 분명해진 것이다. 그는 말 한마디로 세계 최고 부호가 될 수 있는 바로 그 순간 오히려 정반대로 특허를 내지 않겠다고 선언해 버린 것이다.

이 백신은 태양처럼 특허의 대상이 아니다. 누구든 맞으라. 그의 이 선언에 의해 가난한 사람이나 부유한 사람이나 아무 구분도 차이도 없이 단돈 1센트에 소아마비의 공포로부터 영원히 헤어나게 된 것이다. 물론 이 1센트가 접종에 필요한 최소한의 비용이었음은 말할 필요도 없다. 만약 그가 특허료를 받고 이에 더하여 제약사들이 이윤을 붙였으면 얼마나 많은 가난한 사람들이 돈이 없어 백신 접종을 못 받고 죽거나 불구의 삶을 살아야 했을지 헤아릴 수도 없을 것이다.

각고의 노력 끝에 백신을 개발해 낸 그의 노고는 아무리 칭송을 해도 지나침이 없지만 백신에 특허료를 전혀 받지 않은 그의 행위는 성스럽기까지 하다. 아무리 가난한 사람이라 할지라도 어떤 거리낌도 없이 백신을 맞을 수 있게 한 그의 이런 결정 덕분에 소아마비 환자는 기하급수적으로 줄어들었고 드디어 2020년 세계 보건 기구는 아프리카에서마저 소아마비의 완전 종식을 선언했다.

이제 지구상에 소아마비를 일으키는 바이러스는 완전히 절멸되고 있다는 뜻이다.

미국으로 이민한 가난한 러시아 가정의 흙수저 출신으로 남들과 똑같이 돈이 필요했을 터이지만 세계 최고의 부호가 될 수 있는 바로 그 순간 약자들을 위해 자신의 영화를 포기한 그의 행위는 당구장 멤버들의 가슴을 뜨겁게 달구었던 것이다.

그날 우리는 술잔을 눈높이로 올린 채 결코 요란하지 않게 소크라는 이름을 입 밖으로 냈다. 그다음 술자리에서 소크의 이름을 떠올리지 못한 누군가가 특허라는 단어를 입에 맴돌렸고 이후 우리의 건배사는 '특허는 없다!'가 되어버린 것이다.

나는 택배 배달원, 대리운전 기사, 무위도식자, 역술가,

공장 근로자들로 구성된 우리 당구장 멤버들이 가난하고 피로한 일상에 젖어 있다가도 이 건배사를 외칠 때면 하나같이 눈을 빛내며 음성을 돋우는 걸 본다.

영월의 젊은 애들

낚시를 좋아하는 나는 시간이 있을 때면 종종 내가 사는 제천과 단양 사이의 한 강어귀로 나가 낚싯대를 담그곤 한다. 고기를 획득하려는 목적은 아니고 낚싯대를 던져둔 채 고고히 서있거나 강바람에 흔들리는 찌를 바라보는 즐거움이 좋다 보니 고기가 잘 잡히는 곳보다는 조용한 곳을 찾는 편이다.

단양에서 오는 김 사장이라는 분도 사람들과 어울리는 걸 싫어해 우리는 남들과 외따로 떨어져 종일 묵묵히 찌를 바라보다 점심때가 되면 각자 싸 온 음식을 내놓고 소주 한 잔 곁들인 식사를 한 후 또다시 묵묵히 찌를 바라보며 앉아있는 것이다.

다만 이분은 나보다 조력이 훨씬 깊어 그 고요함 속에서도 곧잘 고기를 잡아내곤 해 물가 사정에 매우 예민하다. 그 어느 날도 우리는 남한강 흐르는 물에 낚시를 드리우고 잠잠히 찌를 바라보며 앉아있었는데 보통 때와 달리 왁자지껄하는 소리가 나더니 어디선가 일고여덟 사람이 나타나 텀벙거리며 돌도 던지고 떠드는 것이었다.

"카, 저 영월 놈들!"

김 사장은 대번에 그 사람들의 출신을 알아보았다. 영월은 제천, 단양과 삼각형을 이루는 위치에 있어 남한강에 영월 사람들이 나온 게 이상할 리 없건만 그는 유독 그들이 영월 사람들임을 강조하며 혀를 끌끌 차고는 말했다.

"저 영월 애들 큰일입니데이. 젊은 애들이 일할 게 하나도 없어 아침부터 저리 강에 나와 놉니더."

김 사장은 단양에 살긴 하지만 고향이 경북이라 투박한 경상도 억양으로 우리의 훼방꾼들을 향해 내뱉었다. 나는 좀 안됐다 싶어 변명조로 대꾸했다.

"젊은 사람들 일할 거 없는 게 어찌 영월만의 문제겠어요? 전국이 다 그렇죠."

"영월이 특히 심합니더. 영월에는 노가다 할 데도 없고 대리운전할 일도 없어예. 그라이 저 칠십 갓 넘은 젊은 애들이 아침부터 강에 나와 저래 놀아제낀다 아입니꺼."

"네? 칠십 갓 넘은 젊은 애들이라고요?"

순간 나는 빵 터지고 말았다. 칠십 갓 넘은 젊은 애들.

"하하하하! 하하하하!"

배가 터지도록 웃는 나와 달리 김 사장은 연신 투덜거리며 그 '젊은 애들'을 향해 간간이 '좀 조용하라꼬' 하며 소리를 질러댔다.

이날의 일은 나의 삶에 큰 영향을 주었다. 비록 김 사장이 칠십 대 후반의 나이라 어떠한 거리낌도 없이 그들을 젊은 애들이라 하긴 했으나 요즘은 칠십이 넘었어도 전혀 젊음을 잃지 않고 계시는 분들이 너무나 많다.

병원에서는 요즘 사람들의 나이에서 20년 정도를 거슬러 70대는 50대 신체로, 60대는 40대 신체로 본다. 그러므로 나이가 들었다는 건 의식 속에서만 존재할 뿐이지 대다수의 사람들은 자신의 생각보다 젊은 신체를 간직하고 사는 것이다. 이날 이후 나는 내 나이를 휴지통에 던져 버렸다.

아직 60대라 젊은 애들 축에도 못 낀다 생각하니 힘이 마구 솟구친다.

그날의 33헌병대원들

1978년 11월에 전투 경찰로 입대한 나는 그로부터 1년 6개월 후인 80년 5월 17일 서대문 모처에 있던 계엄사 합수부에서 근무하고 있었다. 본래 치안 본부 특수 수사 대였던 우리 부대가 10·26 대통령 시해와 12·12 쿠데타 를 거치면서 계엄사 합수부의 한 기관이 되어있었던 것 이다.

당시는 매일같이 시민들과 서울 시내 전 대학생들이 속속 서울역 앞으로 모여드는 민주화 시위가 벌어지고 있었는데 이에 대해 전두환 군부는 전혀 반응을 보이지 않아 언론조차도 이대로 민주화가 달성되는 게 아닌가 하는 착각을 일으킬 정도였다. 그러나 군부는 치밀한 작 전을 세우고 있던 중이었다. 이 전격적 작전의 시작은 5 월 18일 광주에서 일이 터지기 하루 전인 5월 17일, 군부 가 전국 대학생 대표 회의가 열리고 있던 이화여대를 급

습하며 시작됐다.

현장에서 체포된 수많은 대학생 대표들과 이화여대생들은 군용 트럭에 태워져 몇 시간 서울 시내를 돌다 우리 부대에 내려졌다. 어둠 속에서 이인 일조로 수갑에 채워져 트럭에서 마구 내던져지는 바람에 무릎이 까지는 등 부상을 당하는 학생들이 속출했다. 그러고는 커다란 방에 발목이 양옆으로 꺾인 채 무릎이 꿇려졌고 그동안 수사관들은 수사 회의를 하고 있었다.

양 발목을 꺾인 자세란 숙달되지 않은 사람에게는 매우 힘들고 고통스러운 것이었다. 약 40여 명의 학생들 사이에서는 신음과 울음소리와 코를 훌쩍이는 소리가 끊이지 않았지만 무엇보다도 이들은 앞으로 어떻게 될지 모르는 자신의 운명에 대한 불안, 좀 더 직접적으로는 당연히 가해질 고문의 공포에 떨었다.

후임 대원으로부터 이런 상황에 대한 보고를 받은 나는 자신도 모르게 이들이 갇힌 방으로 걸음을 옮겼다. 문을 열기 전 심호흡을 한 나는 방 한가운데 섰다.

"여러분, 불안하고 무섭겠지만 여러분이 이곳에 살아서 들어왔듯 역시 살아서 나갑니다. 너무 두려워하지 마십시오."

이렇게 시작한 내 위로의 변은 어느 순간 위험 수위를 훌쩍 넘어섰다.

"자신감을 가지세요. 여러분은 옳은 일을 했고 여러분이 보여준 용기 있는 행동이 대한민국의 민주주의를 앞당길 것입니다. 비록 지금 군사독재의 폭압이 이 나라를 짓누르고 있다 하더라도 시간이 흐르고 나면 우리의 조국은 여러분들에게 헌사를 바칠 것입니다. 신념을 가지고 이 어려운 시간을 보내십시오. 저는 미력이나마 여러분의 고통을 줄일 수 있도록 최선을 다할 것입니다."

그리고 나는 가장 힘들어 하는 동덕여대 학생 대표를 비롯한 몇몇 남녀 학생들을 뒤에서 안아 들어 몸을 풀어주고 손수건을 꺼내 눈물과 콧물을 닦아주었다. 나의 그런 변설은 당시로서는 대단히 위험했고 시국 사범을 전문으로 다루는 특수 수사대에 근무하는 나로서는 그 사실을 누구보다 잘 알았지만 나 역시 대학을 다니다 입대한 젊은이이다 보니 생각은 학생 대표들과 다를 수 없었다.

문제는 그런 위험한 상황에서 모른 척하고 있을 것인가, 아니면 나설 것인가의 선택이었는데 나의 양심은 두 갈래 중 내가 좀 더 낫다고 생각하는 한 갈래를 택한 것이었다. 대학 다니던 내내 진리에 목말라 했던 나로서는 그 순간 그 길을 택하는 게 그리 큰 고민거리도 아니고 글로 쓸 거리는 더욱 아니지만, 내가 이 글을 쓰는 이유는 당시 그 현장에서 M16에 총검을 꽂은 채 학생들을 지키고 있던 세 사람의 헌병 때문이다.

그 세 명의 헌병은 청와대 헌병경호대인 33헌병대 소속인데 12·12 사태 때 한남동 참모총장 공관에 진입하고 김재규 재판 등에서 호송과 경비를 전담하던 한결같이 180센티미터를 훌쩍 넘기는 키와 건장한 몸매에 각종 무술로 단련된 용사들이다. 또한 반공과 충성으로 다져진 이들의 정신 무장 또한 대한민국 어느 젊은이와도 비견할 수 없을 정도였지만 바로 이 점이 나로 하여금 그 방의 문을 열고 들어갈 때 큰 한숨을 쉬게 했던 이유이기도 했다.

당시의 군부 독재 치하에서는 민주 인사들이 빨갱이로

123

몰리는 게 정해진 프레임이라 고등학교 졸업에 군인 정신으로 무장된 이런 헌병들은 백이면 백 시위나 데모를 하는 학생들을 좌익으로 보는 시각에 길들여져 있었다.

잡혀 온 '빨갱이'들을 상대로 상상도 할 수 없는 말을 하고 있는 나를 보는 그들의 시각이 어떠하리란 건 생각할 필요도 없는 일이었다.

내가 그 방의 문을 열고 들어갈 때 그렸던 그림은 두 가지였다. 하나는 그들 중 하나가 개머리판으로 나를 내려치고는 학생들과 같은 자세로 꿇린 후 보안사 수사관들에게 보고하는 것, 또 하나는 그냥 침묵하고 있다 사후에 수사관들에게 몰래 보고하는 것이었다.

하지만 기적처럼 이들은 나의 얘기를 묵묵히 듣고만 있었고 이후 수사관들이 우르르 몰려왔을 때도 한마디 벙끗하지 않았다. 오랜 세월 나는 그들의 호의를 고맙다 생각하고 살아왔지만 어느 순간 문득 깨달아지는 게 있었다.

그것은 결코 호의가 아니었다. 그들 또한 나 못지않게

그 순간 무서운 공포에 빠져있었다는 사실, 보고를 하지 않았을 경우 겪어야만 하는 가혹한 처벌을 두려워하며 오히려 나보다 더 큰 용기로 그 순간을 이를 악물고 견뎌 냈을 거란 사실이 떠오른 것이다.

독재자를 지근거리에서 경호하는 부대이다 보니 그들 부대의 기합은 가혹하기 짝이 없었고 당연히 데모나 시위를 하는 자들을 보는 시각 또한 정보과 형사 못지않았다. 나와 같은 경우를 보았을 때 이들이 취해야 할 행동은 단 하나일 수밖에 없었다.

그리고 신고를 했을 경우 이들이 받을 혜택은 일일이 열거할 필요도 없는 것이었다. 하지만 기적적으로 이들은 침묵했다. 33헌병대의 세 군인. 그들은 그 순간 나의 공범이었고 그 무서운 순간을 이를 악물고 참아낸 이 땅의 민주 열사였으며 6·25 전쟁 때 온몸을 던져 나라를 지켜낸 이름 없는 용사였다.

나는 이들만이 아니라 세상에는 민주화를 위해 아무도 몰래 크나큰 희생을 치른 수없이 많은 무명의 민주 열사가 있음을 알고 있다. 비록 어딘가에 기록되지도 유공자로 선정되지도 않았으나 아무도 몰래 자신을 던진 헤아

릴 수 없이 많은 분들이 밤하늘의 별처럼 반짝이며 웃음
띤 얼굴로 이 자유로운 나라를 지켜보고 있을 거라 생각
한다.

나가노 센세이

대학을 졸업하고 한참의 세월이 흐른 후 내가 수강했던 과목의 교수님을 어느 일식집에서 우연히 마주쳤다. 혼자 조용히 술잔을 기울이던 교수님은 나를 무척 반갑게 대해주셨는데 놀랍게도 우리 일행의 상당한 식대를 다 내고 가신 것이었다.

그 후 여러 차례 교수님을 모시다 보니 이분이 술이 좀 되시면 곧잘 일본으로 국제 전화를 하신다는 걸 알게 되었다. 늘상 감정이 고조되는 교수님의 전화를 여러 번 듣던 나는 통화하시는 상대방이 '나가노 센세이'라는 분인 걸 알게 되었다.

"어떤 분이신데 밤늦게 그리 격정적인 전화를 하셔요?"

상대방에 대해 별로 얘기를 안 하시던 교수님이 언젠가 입을 여셨는데 나가노 센세이라는 그분은 교수님이 초등학교 다니던 시절의 담임 선생님이었다. 교수님이 일본에서 태어났는지 아니면 어린 나이에 가족이 일본으로 옮겨갔는지는 확인하지 못했지만 교수님의 부친은 일본에서 막노동꾼으로 이곳저곳을 전전했고 이에 따라 교수님은 전학 다니기를 밥 먹듯 했다. 교수님이 국민학교 오 학년 때 부친이 어느 곳인가로 옮겨 가 그 고장의 학교로 전학하게 되었는데 가난한 조센징 아이에게 가해지는 일본 아이들의 가혹한 눈초리에 넌덜머리가 난 교수님은 자기소개를 할 때 아버지가 공군 중령이자 전투기 조종사라 거짓말을 했다.

"우와!"

당시는 전쟁 때라 공군 파일럿을 아버지로 가진 교수님은 일약 아이들의 영웅으로 떠올랐으나 이 거짓말은 불과 며칠 가지도 못했다. 점심시간이면 교실에서 슬며시 빠져나가 수돗가에서 물배를 채우는 교수님을 본 아이들이 곧 의구심을 가지기 시작했고 하교할 때면 사람들이 사는 동네를 지나쳐 산기슭으로 올라가는 교수님을 몰래 따라간 반장이 믿을 수 없는 광경을 본 탓이었다.

"저건!"

산기슭의 다 쓰러져 가는 가옥에서 반갑게 교수님을

맞이한 할머니가 입은 옷은 조선인들이 입는 치마저고리였다. 다음 날 학교에 간 교수님은 아이들의 거친 신문에 기가 질렸으나 이제 와서 거짓말임을 털어놓을 수는 없다 생각해 필사적으로 우겨댔다. 그러나 아이들의 송곳 같은 추궁에 말문이 딱 막혔을 때 담임 선생님이 교실에 들어왔다.

"선생님, 저 조센징 놈이 새빨간 거짓말을 한 거였어요. 아버지가 공군 중령은커녕 비렁뱅이였어요. 어제 방과 후 따라가 보니까 다 쓰러져 가는 집에 사는 데다 할머니가 조선 옷을 입고 있었단 말이에요."

열띤 반장을 앞에 둔 나가노 센세이는 천천히 고개를 가로저었다.

"긴데쓰의 부친은 틀림없는 공군 파일럿이다. 그분은 자신의 봉급마저 전쟁으로 가족을 잃은 어린이들을 위해 내놓았고 조선 옷을 입은 할머니는 조선인 정비병의 어머니로 아들이 죽자 갈 데가 없어져 집에 모시고 사는 것이다."

나가노 센세이의 망설임 없는 대답에 반장과 아이들은 교수님을 향해 박수를 쳤고 그 후 얼마 되지 않아 교수님은 또다시 아버지를 따라 전학을 갔다. 하지만 이날 이후 나가노 센세이는 영원히 교수님의 마음속 깊숙한 곳에 자리 잡았고 교수님은 해방이 되어 한국에 나오고 나서도 한 해도 빠뜨리지 않고 인사를 드리며 가끔씩은 일본에 찾아가기도 하는 것이었다.

교수님의 눈물 섞인 설명이 끝나고 난 후 우리는 잔을 들어 그분께 건배했다. 그날 이후 나가노 센세이는 내 가슴속에서도 은사님으로 자리 잡았다.

맹 사장

1990년대 나는 압구정동에 있던 한국 기원에 자주 나가곤 했다. 나는 작가 중에서는 바둑을 가장 잘 두는 강한 편이었으나 본래 작가란 전국을 통틀어도 그 숫자가 얼마 되지 않다 보니 다른 직업군에 비해 조금 약할 수밖에 없다. 프로가 되는 입단 대회 참가자들도 간혹 있는 교수와 법조인들이 확실히 가장 강한 직업군이고 가장 약한 집단은 아마도 군 장교들인 것 같다.

바둑은 아주 약했으나 내 기억 깊숙한 곳에 남아있는 한 사람이 있는데 언젠가 이분 맹 사장과 늦은 저녁 식사를 하게 되었을 때의 얘기를 하고 싶다. 기원 앞의 일식당에서 문을 닫는 늦은 시각까지 한잔 마시고 나자 이분은 내게 자신의 집에 가서 한잔 더 하자 강권했다.

늦은 시각이기도 했고 집까지 가서 어울릴 만한 사이도 아니어서 나는 완곡히 거절하였으나 하도 열심히 조

르는 데다 평소 점잖기만 한 모습을 보이던 분이라 결과
적으로 밤 열 시를 넘긴 시각에 나는 그분의 집에 들어섰
다. 아파트가 아닌 개인 주택이었는데 대문을 지나 걸어
들어가니 그분의 부인이 현관에서 맞았고 나는 분위기
있는 거실의 소파에 앉았다.

고급 재질의 격조 있어 보이는 가구들이 요란스럽지
않게 있을 자리에 있는 데다 벽에 걸린 그림들 또한 파격
적이면서도 한편으로는 마음으로부터의 조화를 이끌어
내고 있어 나는 기분 좋게 맹 사장이 내미는 잔을 받았다.

"애가 왜 안 나와?"

"내일 수능이라 마지막 정리하고 이제 자려 하고 있어
요."

한두 잔 오간 다음 맹 사장의 물음에 부인이 대답하는
순간 아차, 오지 말았어야 했는데 하는 후회가 피어올랐
다. 그제야 비로소 내일이 수능이란 뉴스를 들었던 게 생
각났고 수능 전날 늦은 밤 집으로 찾아왔다는 대실수에
몸을 어디에 두어야 할지 몰랐다. 기왕 엎질러진 물, 어서
일어나기나 해야겠다고 몸을 일으키려 할 때 맹 사장의
노기에 찬 음성이 터져 나왔다.

"당신 애를 어떻게 키우는 거야? 수능을 치르면 나와서 인사 안 해도 되는 거야?"

맹 사장의 질타가 이어졌다.

"집에 손님이 오셨는데 애가 나와서 인사할 줄도 모르나? 뭐, 내일 수능이라 손님 인사를 안 드린다고! 그 수능 치지 말라 그래. 대학 가지 말라 그러란 말이야. 그따위 예의로 수능 만점 받으면 뭐 해? 당신 그게 애를 맞게 키우는 거야?"

시선이 나도 모르게 화살처럼 날아가 맹 사장의 얼굴에 가서 꽂혔다. 이 사람이 정신이 나갈 정도로 마셨나? 꼽아보니 그렇게 많이 마신 것 같지는 않아 나는 속으로 이게 뭐지 하며 당황하고 있었는데 뜻밖에도 부인이 거실을 나가더니 잠시 후 딸을 데리고 들어왔다.

"안녕하세요? 인사를 늦게 드려 죄송합니다."

아주 밝고 반듯하고 예쁜 여학생이었다.

딸의 인사를 받자마자 나는 용수철처럼 튀어 올랐다. 도대체 몸가짐을 어떻게 해야 할지 몰랐고 무슨 말을 해야 할지 몰랐다.

"아, 이거 너무도 미안하구나. 내일 수능인지 모르고 내가 늦은 밤 큰 실수를 했구나. 미안하다. 어서 들어가 자야겠다."

거의 떠다밀다시피 하는 내 손길에 웃음을 잃지 않은 채 깊이 고개를 숙인 후 딸이 나가자 나도 자리에서 일어났다. 맹 사장은 극구 만류했으나 나는 도저히 그 자리에 그냥 있을 수 없어 거의 뛰다시피 대문으로 발걸음을 옮겼다.

이후 나는 맹 사장 집에서 있었던 이 일화를 많은 사람에게 전했는데 남녀 불문하고 맹 사장을 비난하지 않는 사람이 없고 미친 사람 취급하지 않는 사람이 없었다. 내가 떠난 후 맹 사장이 부인에게 매를 맞았을 거라는 희망 섞인 추측도 있었다. 하지만 이따금 나는 내가 남의 집을 방문해서 목도했던 모든 자녀교육 중에서 가장 의미 있는 것이었을지 모른다 생각하며 그들 가족의 행복을 빌곤 한다.

세상에서 가장 편한 얼굴

무슨 일이 있었는지 그날 나는 아주 이른 아침에 동네 목욕탕에 갔다. 탕에 들어가려 하는 순간 뒤에서 들려온 소리에 나는 걸음을 멈추었다.

"선생님, 혹시 이 부근에……."

돌아보니 어딘지 외지 사람 같은 50대 중반의 한 남자였다.

"네."

"좀 고급 제과점 같은 게 있을까요?"

그 사람은 목욕을 끝낸 후 옷을 입은 상태였고 나는 벗고 있는 참이라 손해 보는 느낌이었지만 길을 묻는 데에야 퉁명스럽게 대할 수도 없어 나는 비교적 소상하게 파리바게뜨가 있는 곳을 알려주었다.

"감사합니다."

그의 인사를 뒤로하고 등을 돌려 탕에 들어가려던 나는 어딘지 보통 사람과 달라 보였던 그의 인상에 다시 뒤 돌아 그의 얼굴에 눈길을 던지며 물었다.

"그런데 이 동리 분이 아닌가 봐요."

"네, 서울에서 왔습니다."

"제과점을 찾으시는 걸 보니 식사를 못 하신 것 같은데…… 해장국집 같은 데가 낫지 않으실까요? 빵보다는."

좀 더 나은 데를 소개해 줄 요량으로 물었던 나는 뜻밖의 대답을 들었다.

"제가 먹으려는 게 아니고 할머니들 좀 사드리려 합니다."

"할머니들이요?"

"네."

꼬치꼬치 물어 사정을 들어보니 그분은 서울 성모병원에서 호스피스 일을 하는데 지난 금요일 내가 사는 제천의 양로원에 찾아와 금, 토, 일의 사흘간을 봉사하고 서울에 올라가기 전 목욕을 온 것이었다.

"할머니들이 눈에 밟혀 빵이라도 좀 사드리고 가려고요."

나는 옷장 문을 열고는 주머니에 있던 돈을 다 꺼내 그에게 내밀었다. 약 20만 원 정도 되는 금액일 것이었다.

"이것도 보태서 사시지요."

그러나 그는 팔을 내밀며 가로저었다.

"아닙니다. 돈은 있습니다."

"물론 그러시겠지만 제 성의니까요."

그는 잠시 망설이더니 돈을 받아서는 3만 원만 빼고는 나머지를 돌려주었다.

"할머니들이 그리 많이 계시는 것도 아니고 너무 많이 사면 혹 빵이 상할지도 모르니 이 정도면 충분합니다. 감사합니다."

그러고는 깊이 고개를 숙여 절을 하는데 그 얼굴은 내가 학교를 졸업하고 사회에 나와서 보았던 수많은 얼굴 중 가장 평안한 얼굴로 기억된다.

호스피스란 임종이 임박한 환자들이 편안하고도 인간답게 죽음을 맞을 수 있도록 돌보는 활동을 하는 분들로 이런 분들이 세상에 존재하는 자체로 우리에게 큰 위안이 된다.

세상이 아무리 거칠고 힘들어도 이런 분들이 있는 한 희망의 빛은 결코 사라지지 않을 것이다.

쌍용식당

내가 사는 제천 인근에는 쌍용이라는 작은 마을이 있다. 거기에 옛날 불고기와 정식으로 이름난 오래된 작은 식당이 하나 있는데 손님이 오면 나는 가끔 이 식당의 진미를 맛보이곤 한다.

6천 원에 제공되는 이 식당의 반찬 많은 정식은 인사동의 어느 유서 깊은 곳들보다 별나고, 육수를 부어가며 끓여 먹는 만 오천 원짜리 옛날 불고기 또한 맛이 깊어 이제껏 거기 같이 갔던 손님들 중 탄복하지 않은 사람이 없었을 정도이다.

그날도 여느 때처럼 서울에서 찾아온 손님들과 함께 이 식당에 갔는데 우리는 작은 방으로 안내되어 먼저 식사를 하고 있던 일행의 옆자리에 앉게 되었다. 허름한 옷을 입고 모자를 쓴 채 허겁지겁 먹는 데 바빴던 세 사람은 첫눈에도 근처 건설 공사장에서 일하는 막일꾼들이었다.

나는 옛날 불고기 4인분을 시키고 정식도 4인분을 시켰다. 양이 좀 많긴 했으나 가격 대비 만족도가 월등한 데다 불고기와 정식 둘 다 손님들에게 맛보이고 싶었던 것이다. 거기에 소주까지 시키자 별로 크지 않은 상에 반찬이 꽉 들어차 다 놓을 수도 없는 지경이었다.

"왜 여기까지 오시나 했는데 아, 이거 정말 맛있습니다."

주문할 때까지만 해도 너무나 저렴한 가격에 별 기대를 하지 않던 서울 손님들은 음식이 나오자 바삐 수저를 움직이며 개펄에서 찾아낸 진주와도 같은 시골 밥상을 칭송하기 여념이 없었다.

"저기요, 선생님!"

큰일이라도 났다는 양 황급히 뛰어 들어온 나이 든 여주인의 목소리에 나는 웬일인가 싶어 넘기려던 술잔을 놓았고 손님들도 모두 여주인의 입가로 시선을 가져갔다.

"여기 옆에서 식사하던 사람들 말이에요."

그제야 옆자리를 보니 하얗게 먹어 치운 빈 그릇들만

남아있었고 언제 일어났는지 밥을 먹던 사람들은 가고 없었다. 막노동하는 사람들일 것이라는 정도의 인상을 가진 후 전혀 신경 쓰지 않다 보니 일어서는 것도 못 보았나 보다.

"그분들이 식사비를 내고 가셨어요."

"네! 뭐라고요?"

"선생님 식사비까지 내고 가셨다니까요."

"우리 걸요?"

"네."

"언제요?"

"조금 전에요."

"받으면 안 되죠. 왜 그걸 바로 얘기 안 했어요?"

"절대 말하지 말라 그래서요. 그런데 생각해 보니 식사비가 너무 많아요. 아는 사람이시죠?"

"아니, 모르는 사람입니다."

나는 벌떡 일어났다. 도대체 말이 안 되는 상황이었다. 잔멸치 대가리 하나까지 싹싹 먹어 치운 초라한 행색의 그 세 사람은 안면조차 없는 사람들이었다.

"어느 쪽으로 갔어요?"

여주인이 가리키는 길을 따라 뛰어가니 과연 그 세 사람이 걸어가고 있었다.

"저기, 선생님!"

뒤를 돌아보는 세 사람은 역시 내가 전혀 모르는 사람들이었다.

"식사비를 내고 가셨다 해서요. 제가 내야 하는 마당에…… 그러시면 안 됩니다. 이거 받으시죠."

뛰어오면서 대략 계산해 보니 그분들은 세 사람이 6,000원짜리 정식만 먹었으니 18,000원, 우리는 네 사람이 정식 넷, 옛날 불고기 넷, 소주 두 병까지 먹었으니 약 90,000원이었다. 둘을 합하면 108,000원. 10만 원짜리 수표가 있던 시절이라 나는 수표 한 장과 만 원짜리 한 장을 내밀었다.

"아니, 그건 제가 선생님께 사드린 것입니다."

세 사람 중 60대로 보이는 한 분이 간결하게 말했다.

"감사하지만 저는 불고기에 정식에 술도 마시고 선생님들께서는 값싼 정식만 드셨으니 제가 내는 게 맞습니다. 이 동네 분이 아닌 것 같던데 혹시 다른 데서 오신 건지요?"

과연 그분은 동네 후배 두 사람과 같이 멀리 정선에서

공사장 막일거리를 찾아 쌍용까지 왔고 이곳에서 열흘간
일했으며 이제 며칠 후면 일이 끝나 정선으로 돌아갈 예
정이었다. 공사장에도 천이백 원짜리 백반을 파는 함바
집이 있지만 고향으로 돌아가기 전에 이 유명한 식당 한
번 가보자 해서 왔는데 생각지도 않게 자신이 좋아하는
작가를 만나 돈을 내고 싶었다는 것이었다.

"아는 체를 하셨으면 제가 인사도 드리고…….."

"좋아하는 분을 만났으니 그 자체로 된 거지요."

나는 그토록 큰돈을 내고도 그림자처럼 사라진 이분께
더욱 큰 감동을 느껴 절대 돈을 내게 해서는 안 된다는
생각에 극구 돈을 내밀었다.

"마음은 충분히 잘 받았습니다. 하지만 부탁건대 이 돈
은 제발 갖고 가십시오."

"아닙니다."

"그러나 돈이 너무 많습니다."

"돈의 문제가 아닙니다. 제가 하고 싶어 한 일입니다.
저는 젊었을 때 육군 장교였습니다."

꼿꼿하게 힘이 들어간 그의 눈길을 대하는 순간 나는
슬그머니 돈을 집어넣지 않을 수 없었다. 육군 장교란 그
가 세파에 시달리면서도 자신의 정신세계를 지키기 위해

유지하는 하나의 방파제일 것이었다. 엉거주춤한 나를 향해 그는 고개를 한 번 숙이고는 뒤로 돌아 다시 걸음을 옮겼는데 나는 한참 그 자리에 멍하니 서있었다. 또다시 나의 두뇌는 일당에서 소개비 빼고 숙박비 빼고 식비 빼고 담뱃값 빼고 술값 빼면 얼마 벌지도 못했을 텐데 하는 숫자로 채워지고 있었다. 그렇게 보면 그는 숫자에 의해 행동거지의 방향을 정하는 데 길들여진 나보다 훨씬 고고한 정신세계를 가진 분이었다.

멀어져 가던 세 사람의 작업모가 나의 망막에서 완전히 사라지자 딱히 설명할 수 없는 안타까움과 슬픔이 함께 밀려왔다. 아지랑이 같은 것이 눈가에 잡히는 듯도 했다.

전생에 무슨 죄를 지었길래

전라남도 어딘가의 시골이 고향인 나의 한 지인 얘기다. 젊은 시절 서울에 올라와 삶을 개척하려던 그는 어느 날 예기치 않게 사고에 휘말리게 되었다. 당장 상당한 금액의 돈이 필요했던 그에게 낯선 서울은 엄혹하기만 했고 돈을 구하려던 모든 노력이 수포로 돌아가 상황이 급박해지자 그는 드디어 마지막 결심을 했다.

고향의 어머니에게 내려가 말씀을 드리기로 했던 것이다. 무슨 일이 있어도 이것만은 하지 않으려 버티고 버텼던 그는 서울역으로 가 돌아오는 기차 시간을 봐두고는 플랫폼으로 나갔다. 마음 한편으로는 제발 기차가 도착하지 않았으면 하는 바람이었지만 기차는 어김없이 정시에 도착했고 그는 이를 악물고 객차에 오르지 않을 도리가 없었다.

곳곳에 빈 좌석이 있었지만 입석표를 산 그는 자리에

앉지 않고 서울에서 광주 송정리까지의 먼 거리를 내내 서서 갔다. 자리에 앉는다고 누가 뭐라 그럴 것도 아니고 오가던 여객 전무가 손님이 없는 날이니 앉아 가라 여러 번 권했지만 그는 끝까지 좌석에 엉덩이를 붙이지 않았다. 돈이 있을 리 없는 어머니, 결코 가서는 안 되는 어머니에게 간다는 사실에 그의 마음은 천 근도 더 나가는 납덩어리였고 서서 가는 중에도 그는 쉴 새 없이 자책하며 스스로를 학대했다.

기차가 송정리역에 도착하자 바로 달려가 버스로 갈아 탄 그는 고향이 다가올수록 마음이 점점 무거워졌다. 밥 한 끼 제대로 차려 먹는 법 없는 어머니, 손바닥만큼도 안 되는 밭뙈기를 부치며 틈틈이 동네 사람 밭에 손을 보태 입에 풀칠이나 할까 말까 한 어머니. 그 사정을 번연히 알면서도 어떻게 그 어머니의 주름진 검은 얼굴 앞에서 입에 올릴 수조차 없는 거액의 돈이 없으면 인생을 그르친다는 얘기를 꺼낸단 말인가.

"어머니!"
어머니는 머리에 수건을 칭칭 동여맨 채 밭일을 하다

등 뒤에서 들려온 목소리에 흠칫 놀라 홱 하고 고개를 돌렸다. 그는 어머니와 눈을 부딪치지 않으려 허공에 시선을 둔 채 마치 남의 얘기라도 하는 양 어째서 급히 내려왔고 돈이 얼마가 필요하며 오늘 오후 몇 시 차를 타고 돌아가지 않으면 사태를 막을 수 없다는 내용의 목소리를 무심한 듯 풀어냈다.

그렇게 애써 허공에 힘든 눈길을 두었던 그가 얘기를 마치고 고개를 제자리에 돌렸을 때 그의 눈동자에 맺힌 것은 어머니의 모습이 아니었다. 텅 빈 벌판, 그리고 여기저기 덩어리진 진흙더미 사이로 난 조그만 맨발 자국이었다. 어머니는 그야말로 쏜살같이 동네를 향해 달려가버려 그의 시야에 잡히지 않았던 것이었다.

깊은 죄책감에 그 자리에서 고개를 푹 숙인 채 간간이 흐르는 눈물을 손등으로 훔치던 그는 눈에 들어온 어머니의 자그마한 발을 보고서야 고개를 들었다.

어머니는 고무줄로 묶은 꼬깃꼬깃한 지폐 한 뭉치를 흙 묻은 손에 움켜쥐고 있었다. 첫눈에 봐도 어머니가 온 동네를 헤집고 다니며 집집마다 피를 토하며 사정하고 마련해 온 돈임이 분명했다. 숨을 헐떡거리며 내민 어머니의 돈뭉치에 그는 밭두렁에서 일어나 간신히 어머니의 얼굴에 시선을 두었다.

"나가 전생에 무슨 죄를 지어⋯⋯."

그는 다음에 이어질 한마디를 짐작하며 눈을 감았다. 서울에 올라갈 때도 온 집 안에 있는 돈을 탈탈 털고도 모자라 아래윗집 다니며 돈을 구해오던 그 광경이 선히 떠올랐다.

"도대체 무슨 잘못을 저질렀기에⋯⋯."

어머니의 표정이 점점 어두워져 갔고 그에 못지않게 그의 얼굴 또한 뜨거워져 갔다.

"이렇게나 돈이 없어⋯⋯."

그의 가슴은 죄책감을 넘어 폭발할 것만 같았다. 효도를 받아도 한참 받아야 할 나이에 홀연히 나타나 상상도 못했던 큰돈을 달라는 아들이 얼마나 원망스러울 것인가. 그는 다시금 눈길을 멀리 하늘가로 돌렸다. 내려오지 않았어야 했다는 후회가 극심하게 몰려오는 사이 그의 귓전에 어머니의 목소리가 내려앉았다.

"니가 요로콤 오랜만에 내려왔는디⋯⋯."

어머니의 신세 한탄으로 이어질 줄 알았던 그는 잠자코 어머니의 모습을 바라보았다. 진흙이 발등까지 굳은 채 행여 잃어버릴까 손에 꼭 쥐고 있던 돈뭉치를 그의 손에 쥐어주듯 건넨 어머니는 마지막 흉중에 있는 말을 끝냈다.

"돈 구하느라 금쪽같은 시간 다 보내뿌리고……. 닭 한 마리 삶아 멕이지 못하고 보내야 한단 말이냐. 어여, 어여 가거라잉. 기차 시간 늦겄다."

그날 지인은 기차가 서울에 도착할 때까지 흐르다 멎고 멎었다 흐르는 눈물을 닦아내느라 손수건이 물수건 되었다 했다.

태양과 어머니만이 영원하다는 말이 떠오른다.

해인사의 고승

팔만대장경에 대해 글을 쓴 적이 있었는데 책이 잘 팔렸는지 출판사가 독후감 공모전을 열었고 여기서 선정된 독자들과 나를 관광버스 두 대에 나눠 싣고 합천 해인사로 향했다. 해인사 부근에서 저녁을 먹고 밤이 늦도록 술을 마시며 독자와의 대화를 이어간 우리는 다음 날 아침 느지막이 일어나 아침을 먹고는 해인사를 방문했다.

해인사에는 유네스코 선정 세계 기록 유산이자 우리나라 불교 미술의 보물 중 보물인 팔만대장경이 보관되어 있는데 이 대장경이란 부처의 설법과 불교 교리 등을 목판에 새겨 넣은 것이다. 나무로 된 경판에 새겨진 이 내용은 언제든 먹을 묻혀 한지에 찍어내면 바로 책이 되니 대장경판은 요즘 개념으로 보면 금속활자판인 것이다. 팔만대장경은 그 경판의 수가 81,258장이고 새겨진 글자의 수는 약 5,200만 자에 이른다.

경판도 대단하지만, 이 팔만대장경을 보관하고 있는 판전 또한 우리 조상의 숨은 과학 기술이 집대성된 건축물로 현대 과학으로도 다 풀지 못한다는 얘기가 있는 명물이다.

무엇보다 나무로 된 경판이 틀어지거나 썩는 걸 방지하기 위해서는 통풍과 습도 조절이 중요한데 통풍창의 크기와 각도를 신묘하게 하고 바닥에는 숯이나 횟가루, 모래 혹은 소금 등을 깔아 현대에서도 다 알지 못하는 과학 기술로 그 효과를 극대화시킨 것이다.

여하튼 우리는 즐거운 마음으로 경판고를 찾아가 당당하게 관리승에게 안내를 요구했다.

"예약을 해야만 열어줍니다."

출판사로서는 크게 당황하지 않을 수 없었다. 서울에서부터 팔만대장경을 보러 간다는 신문 광고를 크게 내고 치열한 경쟁을 뚫은 독자들을 관광버스로 두 대나 싣고 온 마당에 그냥 쫓겨난다는 것은 예삿일이 아니었다. 출판사 대표는 독자들의 따가운 눈총을 온몸에 받으며 관리승에게 저간의 사정을 소상히 설명하며 사정사정하였으나 관리승은 요지부동이었다.

그렇게 되자 독자들의 눈길이 모두 나에게 쏠렸다. 작가란 다른 사람들에게는 몰라도 독자들에게만큼은 하늘 위 까마득한 곳에 있는 존재인지라 그들이 나를 바라보는 것은 당연한 일이었다. 나는 출판사 대표에게 관리승의 상급자를 만나 부탁하도록 하였으나 워낙 중요한 보물이라 그런지 전혀 사정이 통하지 않았다.

기껏 베푸는 최대의 친절이란 사무실에 있던 상급자가 경판고까지 걸어와서 독자들에게 사정을 설명하는 것일 뿐이었다.

그런데 그때 난감하기 짝이 없던 나의 눈에 멀리서 컬러풀한 장삼 정장을 입은 노승이 한 사람 걸어오는 모습이 잡혔다. 다른 모든 승려들이 간편한 회색 저고리만을 입은 데 반해 이분은 황색인지 붉은색인지 훌륭한 승포에다 커다란 염주를 손에 들고는 천천히 걸어오는데 그 장엄한 모습은 오직 출중한 내면의 공력을 가진 고승만이 뿜어낼 수 있는 광배와도 같았다.

나는 필시 해인사 주지 스님이거나 제자를 많이 거느린 항렬이 높은 고승일 그분이 가까이 다가오자 두 손을 가슴에 모으며 인사를 했다.

"나무아미타불!"

다행히 이 고승은 너무도 진지하게 나의 인사를 받아주어 나는 그분 앞으로 성큼 발걸음을 내디디며 우리가 처한 상황을 얘기했다.

"출판사에서 잘 몰라 예약을 하지 못하고 왔으나 여기 오신 독자들은 한 분 빠짐없이 팔만대장경을 아끼고 사랑하는 분들입니다. 대사님의 공덕으로 자비를 베푸시어 경판고를 열어주시면 경판을 보고 난 이분들이 평생 우리 팔만대장경에 대한 자부심으로 세상을 살아갈 것입니다."

내 얘기를 다 듣고 난 고승은 손을 모아 합장하고는 말을 시작했다.

"저는 이 절 사람이 아닙니다. 당분간 이 절에 와서 밥을 얻어먹고 있는데 눈치가 보여서 귀찮은데도 불구하고 이렇게 외관을 다 차려입고 밥 먹으러 갑니다. 이 절 사람들이 밥이나 얻어먹는 주제에 자기네처럼 간편한 복장으로 다니면 무척 싫어하거든요."

말하는 도중에 종이 울리기 시작했는데 그가 다급해진 목소리로 말을 이었다.

"아, 빨리 가야만 하겠습니다. 저 종이 점심시간을 알리는 종인데 시간을 놓치면 굶어야 합니다. 나이가 들어서 점심 한 끼 굶으면 저녁 먹을 때까지 기다리는 게 너무 힘듭니다."

그는 말을 다 마치지도 않은 채 합장을 하는 둥 마는 둥 종소리가 들려오는 곳으로 쫓기듯이 발걸음을 급히 옮겼다. 나는 잠시 그의 황망한 뒷모습을 바라보다 알 수 없는 잔잔한 감동이 밀려오는 걸 느끼고는 나도 몰래 두 손을 올려 합장했다.

처절하도록 진실했다. 자신을 완전히 버릴 수 있어야 얻는 솔직함이었다.

이 진실이 팔만대장경의 어느 법어보다 못하지 않다는 생각에 나는 한참이나 제자리에 서서 노승의 뒷모습을 바라만 보고 있었다.

어떤 두 사람

뉴욕 맨해튼에서 있었던 일이다. 나는 혼자 맨해튼 어느 바에서 맥주를 마시고 있었는데 내 바로 옆자리에서 좀 허름해 보이는 한 사람이 역시 맥주잔을 앞에 놓고 있었다. 이 사람은 천천히 한 모금씩 아껴가며 마시는 모양이 필시 누군가를 기다리는 걸로 보였다.

과연 어느 정도 시간이 지나자 한 사람이 바의 문을 밀치다시피 요란하게 들어왔는데 무릎까지 오는 프록코트를 걸친 모양새며 밝고 자신만만한 얼굴이며 상당히 잘나가는 사람임에 틀림없어 보였다. 두 사람은 서로를 발견하자마자 이름을 짧게 부른 후 부딪치듯 상대를 끌어안았는데 나중 들어온 사내는 닭똥 같은 눈물을 연신 흘리며 감정을 주체하지 못했다.

간신히 진정한 후 자리에 앉은 이들이 얘기하는 내용을 들어 보니 둘은 월남전 전우였다. 프록코트는 이따금씩 허름한 차림새의 남자에게 "네가 내 목숨을 살렸어!"
라고 외치곤 했는데 허름한 남자가 전장에서 중상을 당
한 자기를 업고 나와 살 수 있었다는 내용이었다.

두 사람은 바에 앉아 시간 가는 줄 모르고 술을 마시며
대화를 나누었는데 허름한 남자는 맥주를, 프록코트는
스카치를 마셨다. 미국의 바는 한 잔 시킬 때마다 맞돈을
치는지라 허름한 남자는 잔이 거듭됨에 따라 여기저기
주머니에서 바쁘게 잔돈을 꺼내곤 하였는데 프록코트는
백 달러짜리 한 장을 앞에 두고는 여유 있게 스카치 잔을
기울였다.

나는 이들의 사연이 재미있어 계속 그 옆자리에 머물
고 있었는데 어느 순간 얘기가 뚝 끊겼다.

옆을 보니 허름한 사내가 주머니를 뒤지다 더 이상 돈
을 찾아내지 못하는 모습이 눈에 들어왔다. 그는 바텐더
에게 두 손을 들어 보였는데 더 이상 술을 마실 돈이 없
다는 제스처였다. 그가 일어나면서 이 두 사람의 얘기도
만남도 끝이 났다.

주머니에서 돈을 더 찾지 못했던 허름한 남자와 달리
프록코트는 카운터에 두었던 백 달러짜리 지폐를 바텐더

에게 내밀며 거스름을 가지라 하였다. 바텐더의 반응으로 보아 상당히 많은 팁이 건네진 것 같았는데 두 사람은 바를 나가기 직전 또다시 뜨거운 포옹을 나누었다. 이들이 나가고 나자 나는 바텐더에게 내가 파악한 내용이 맞는지 확인했다.

내가 들었던 대로 두 사람은 월남전 전우였고 허름한 이가 전쟁터에서 중상을 입은 프록코트를 업고 나온 것 또한 사실이었다. 그리고 허름한 이의 맥줏값이 떨어져 둘이 일어난 것도 맞았고 백 달러짜리에는 아직 여유가 많아 40달러 정도의 팁이 바텐더에게 건네진 것도 정확히 맞았다.

"아니, 프록코트가 술값을 내주지 않다니. 이거 있을 수 있는 일이오?"

나의 물음에 바텐더는 고개를 끄덕였다. 그 역시도 이해할 수 있는 일이라는 뜻이었다. 나는 연신 고개를 가로저어가며 이게 도대체 지구에서 일어날 수 있는 일이냐, 이런 일이 우리 한국에서 일어나면 프록코트 그놈은 맞아 죽는다. 아, 야만인들! 하며 그 와중에 한국인임을 뽐냈다.

하지만 그날 이후 시간이 많이 지나고 나자 나는 그들

두 사람 모두 참 대단했다는 생각, 아니 바텐더까지 미국 문화가 참 만만치 않다는 생각에 이르렀다.

　자기가 가진 돈으로 허름한 사나이를 유린하는 일이 생기지 않도록 배려하느라 그 프록코트는 얼마나 힘들었을까. 또한 뭐든 해줄 준비가 되어있을 프록코트 앞에서 비굴함을 내비치지 않으려 허름한 남자 또한 애썼을 것이었다.

　나는 그 후 그 두 사람의 관계가 어떻게 되었는지 알지 못하지만 프록코트가 허름한 남자를 금전적으로 많이 도와주었으면 하고 바라면서도 한편으로는 계속 그 대등하던 모습이 지속되었으면 하는 바람을 가진 나를 발견하곤 한다.

수학 선생님

고등학교 2학년 때 일이다. 우리 반에는 아주 특별한 친구가 하나 있었는데 이 친구는 때 이르게 인문학에 눈을 떠 사설이 많았다. 선생님들에게 따지고 드는 걸 좋아하는 이 친구는 머리도 좋은 데다 고집까지 있어 여러 선생님들을 무척 곤혹스럽게 만들곤 했다.

국사 첫 시간에 선생님과 역사 수업의 방법론에 관해 논쟁을 벌이다 "그렇다면 역사는 도대체 왜 배우는 겁니까!" 하며 연필을 집어던져 선생님으로 하여금 이성을 잃게 하기도 했다. 그러던 어느 날, 수학 시간에 일이 벌어졌다.

"선생님, 질문 있습니다."

그러나 선생님은 십 분이 지나도록 손을 들고 있는 이 친구에게 눈길 한번 주지 않다가 종내 "니는 질문을 하지 말아라." 하고 대답했다. 당시 모든 선생님들이 질문을 강조하던 터라 선생님의 이 말은 너무도 생소했고 무엇보다 선생님 킬러인 이 친구를 뜨겁게 달구었다.

"질문은 가장 좋은 학습법인 동시에 학생의 권리입니다."

찬스라 여긴 친구의 힘찬 항의에 선생님의 답변은 간결했다.

"니는 왜 다른 학생들의 시간을 빼앗느냐? 질문을 말고 교과서를 잘 읽어봐라."

거들떠도 안 보는 선생님에게 보복하기로 작심한 이 친구는 다음 시간에 손을 들었다. 한동안 무시하던 선생님은 수업이 끝날 때쯤 되어서야 물었다.

"니는 왜 그렇게 허수아비처럼 팔을 들고 있느냐."

"글씨를 좀 크게 써주세요. 안 보입니다."

선생님의 답변은 간결했다.

"안경을 찌라."

다음 시간 이 친구는 친구에게 안경을 빌려 쓰고는 다시 손을 번쩍 들었고 역시 선생님은 한참 있다 이유를 물었다.

"니는 왜 또 팔을 들었느냐."

"안경을 껴도 안 보입니다!"

그러자 선생님은 담담하게 답했다.

"담임한테 얘기해서 자리를 앞으로 옮겨라."

오기가 난 이 친구는 다음 시간 맨 앞자리에 있는 친구와 자리를 바꾸고는 다시 손을 드높이 들었다.

"니는 팔 드는 기계냐?"

"안경을 껴도, 앞자리에 앉아도 글씨가 안 보입니다. 글씨를 크게 써주세요!"

'이제 빠져나갈 길이 없잖아요, 글씨를 크게 쓰는 것밖에는' 하는 표정으로 득의만면한 이 친구를 무심하게 한참 바라보던 선생님은 갑자기 손을 들어 입가를 가렸다.

"하! 하! 하!"

부끄러운 듯 입가를 가리고는 마치 기계처럼 한 음절씩 떼어 세 번 하, 하, 하 웃고 난 선생님의 입가에서 전혀 뜻밖의 대답이 흘러나왔다.

"참 안됐다. 니는 우째 그래 어린 나이에 벌써부터 눈까리가 빙신이고!"

삽시간에 교실이 온통 폭소 바다로 변했고 심지어는 화난 표정을 짓던 그 친구조차도 웃음을 참지 못하고는 폭소 대열에 합류하고 말았다.

질문을 싫어하던 그 선생님은 알아주는 실력파 선생님이었고 그 친구도 사회에 나가 이름만 대면 알 만한 인물로 성장했다.

사실 요즘의 교실에서는 꿈도 못 꿀 일화일지 모르겠다. 물론 체벌이나 지나친 기합, 그리고 남자 교사에 의한 성적 부당 언행은 철저히 지양해야 하지만 학생과 교사 사이가 냉랭한 법적 관계로 규정되는 것은 누구를 위해서도 바람직하지 않다.

"요즘 학생들 앞에서 혹시 한마디라도 잘못 나갈까 봐 잔뜩 긴장해요. 그러다 보니 해주고 싶은 말이 있어도 안 하거나 덜 하게 되고……. 학생들이 무서워요."

지근에 있는 어느 교사의 하소연이다.

인간이 여타의 생물과 가장 크게 다른 점은 학습의 유전에 있다. 인간은 자신이 익히거나 알게 된 걸 남에게 전달하고 다음 대에 이어줌으로써 긴긴 세월 지능을 키워온 것이다. 그러므로 인간이 하는 가장 위대한 일은 가르치는 것이고 모든 선생님들은 위대하기만 하다.

요즈음 교실에서 학생들의 온갖 조롱과 반항과 심지어는 폭력까지 겪으면서도 이 가장 엄숙한 인류의 과업을 수행하는 선생님들에게 힘내시라 전하고 싶다.

대청봉 가는 길

대학 1학년 내지는 2학년 때의 일이다. 당시는 설악산을 넘는 것이 대학생들의 로망이라 얘기해도 될 정도로 설악산 등산은 기대되는 여행이자 모험이었다. 또한 나에게는 일종의 과업이었다.

당시 나보다 한 학년 위의 형이 있었는데 우리 집에 여러 친구들이나 이따금씩은 모르는 대학생들까지 불러들여 반독재 데모를 모의하고는 막상 거사 당일에는 자신은 몸을 피하곤 하는 꾼이었다. 그리고 그 피신의 방법으로 늘상 설악산 등산을 애용하곤 했다.

그러다 보니 산을 타는 데는 도가 트여 있어 나로서는 엉뚱하게도 그 부분에서 약간의 열등감을 갖고 있었다. 그러던 어느 날 나는 드디어 처음으로 설악산 등산을 실행에 옮기게 되었다.

설악산을 넘는 방법은 동해안 속초 쪽의 외설악에서 급한 경사를 넘어 내륙 쪽 인제군 용대리로 나오거나 거꾸로 용대리에서 경사가 완만하고 긴 코스의 내설악을 넘어 속초 쪽으로 내려가는 두 가지 경로가 일반적이었다.

당시는 지금과 같이 가볍고 휴대성 좋은 제품들이 많지 않았기 때문에 가지고 가야 하는 장비가 산더미 같았다. 버너 하나만 해도 휴대가 복잡했다. 요즘에야 가스버너 하나 갖고 가면 그만이지만 그 당시 버너는 알코올을 조금 부어 예열하고 열심히 펌프질을 잘해야 무난하게 불을 붙일 수 있는 석유 버너밖에 없었다. 때문에 알코올통 따로 석유통 따로 가지고 다녀야 했고 텐트 안을 밝히는 데도 석유를 넣는 등잔을 써야 했다.

텐트는 폴이 모두 철제라 무겁기 한량없었고 침낭도 부피가 크고 무거운 데다 깔고 잘 담요를 따로 가지고 다니는 경우가 많아 밥해 먹을 쌀과 물통까지 포함하면 산더미 같은 부피도 부피지만 보통 등짐의 무게가 20-30킬로그램에 쉽게 육박했다.

그러니 설악산 등산 가는 게 어디 피난길 떠나는 거나 다름없었고 그 무거운 짐을 잔뜩 진 채 집을 떠나는 나의 마음은 그야말로 전쟁터로 출정하는 거나 진배없었다.

나는 마장동 시외버스 터미널로 가 금강운수 버스를 탄 다음 운전기사에게 용대리에서 꼭 내려달라 부탁하고도 버스가 강원도 도계를 넘어서자 눈을 부릅뜨고 있다 용대리에 제대로 내렸다.

거기서부터 백담사까지 약 두 시간 정도 걸어가 텐트를 치고는 먼저 백담사 구경을 했다. 내가 가장 좋아하는 시인 중 한 사람인 만해 선사의 「님의 침묵」을 암송하면서 당시는 소박한 모습이었던 백담사 경내를 어슬렁거리다 텐트로 돌아와 밥을 지어 먹었다. 내가 가져간 물은 아껴두고 백담사 개천물을 떠서 흰밥을 지어 소주 한 병과 같이 먹는 맛은 일품이었다.

새벽 네 시쯤 깨어 먹다 남은 밥을 물에 말아 장조림, 김치 등 가져간 반찬과 급히 먹고는 텐트를 거두어 짐을 쌌다. 이 짐을 꽉꽉 잘 다져 넣어야 등산이 편하다는 말을 귀에 못이 박히도록 들었던 터라 몇 번이나 짐을 꺼내고 넣는 통에 시간을 꽤 잡아먹어야 했다.

드디어 백담사 뒤로 난 등산로를 통해 오세암을 거쳐 하루 종일 걷다 쌍폭 앞에서 다시 짐을 풀었다. 묵직한 스웨덴제 황동 버너를 꺼내 요란하게 밥을 지어 먹은 후 설거지까지 하고 봉정암에 도착하니 해가 막 넘어가는 때였다.

또다시 봉정암 앞마당에 텐트를 치고 밥을 지어 소주한 병과 같이 넘기려는데 셋이서 같이 온 젊은이들이 합석하자 했다. 코펠 뚜껑을 프라이팬 삼아 햄인지 소시지인지 구워 먹으며 서울에서 온 이 대학생들과 이런저런 얘기를 하다 보니 하늘에 별이 쏟아질 듯한 가운데 어디선가 들려오는 소쩍새 소리가 구슬펐다.

나는 등산, 그것도 긴장 속에 고산준령을 넘는 고난도산행의 기쁨을 만끽하며 그들과 헤어져 텐트로 돌아와 곯아떨어졌다.

다음 날 드디어 나는 소청, 중청을 거쳐 대청봉에 올랐다. 일망무제의 장관을 발아래에 두고 나는 영웅적 과업달성을 자축하며 드디어 한 남자로, 아니 모험가, 그것이좀 과한 표현이라면 등산가나 산악인으로 등극하였음을비록 마음속이지만 만천하에 선포했다. 그리고 그 징표로 온 설악산에 울리도록 포효를 토해냈다.

"이야아!"

누가 옆에 있은들 무슨 대수이랴, 이 정도 실례쯤은 우리 전문 산악인들 사이에서는 얼마든지 이해할 일이지 하며 포효를 멎고는 한껏 이해를 구하는 표정으로 주변 사람들을 둘러보는데 매우 낯선 한 이질적인 무리가 눈에 들어왔다. 그들은 우리와 같은 등산복을 입지도 않았고 미제 배낭을 메지도 않았으며 무엇보다도 나이가 상당히 되신 할머니들이었다. 가장 큰 충격을 먹은 것은 나의 눈길이 이들의 신발을 빨아들였을 때였다. 이들은 내가 신은 덴마크제 등산화는커녕 조야한 국산 등산화조차 신고 있지 않았다. 너무나 우습게도 아니, 말이 안 되게도 이들 중 몇 사람은 앞이 막히고 굽이 약간 있는 플라스틱 슬리퍼를 신고 있는 것이었다.

대청봉 정상은 도대체 이런 할머니들이 있을 곳이 아니란 생각에 나는 주변에 가게라도 있나 둘러보았지만 있을 리가 없었다. 하여 나는 급히 이들에게 다가갔다.

"우린 속초에 살아. 설악산 단풍제 기간이라 동네 사람들끼리 올라왔지. 학생은 어디 서울서 왔는가?"

순간 슬리퍼 할머니들 앞에서 나의 영웅적 과업은 소리 없이 무너져 내렸다.

통도사 백운암

젊은 시절 십여 권의 사회 과학 서적을 싸 짊어지고 무작정 집을 떠난 적이 있었다. 일단 서울역에서 경부선 열차에 몸을 실었으나 어디로 갈지 마음을 정하지 못하다 기차가 삼랑진역에 정차하자 갑자기 벌떡 일어나 내려버렸다. 낯선 곳이라 이리저리 물어보다 결국 마지막으로 마음을 정한 곳은 양산 통도사였다.

통도사에 가 승려들을 붙잡고 방 한 칸과 식사를 제공해 달라 했더니 본사에서는 그리할 수가 없고 부근의 암자를 찾아보는 게 나을 거라며 여러 암자를 알려주는데 나는 젊음의 도도함으로 통도사에서 가장 먼 백운암을 택해 발길을 뗐다.

정확한 표현은 가장 먼 곳이 아니라 가장 높은 곳인 게, 백운암은 통도사의 본산인 영취산 꼭대기에 자리 잡아 아마 우리나라 모든 암자 중 가장 높은 곳에 위치한지도 모른다. 설악산 봉정암이 생각나긴 하지만. 본사에서 백운암을 올라가다 보면 극락암이라는 웬만한 절보다 큰 암자에 이르는데 여기는 효봉 선사인지 경봉 선사인지 확실하지는 않지만 대단한 고승이 머무르고 있어 많은 학승들과 선승들이 숱하게 찾아온다 했다.

거기서 잠깐 땀을 식히다 보니 그 고승과 말을 나눌 기회가 있었는데 그는 내 가방 포켓에 끼어있는 타임지를 보더니 그따위는 뭐하러 보느냐며 질문인지 힐난인지의 한마디를 던졌다. 이에 나는 대답 없이 싱긋이 웃고 말았다. 아마도 거기서 대들었다가 이 높은 고승이 '이놈 아무 암자에도 들이지 말라' 할까 봐 겁도 났을 터이지만 한편으로는 이 고승을 이겨 그 위에 자리 잡으리란 유치한 생각도 했던 것 같다.

싱긋이 웃으면 모든 싸움에서 다 이긴다 생각하던 시절이었다. 그 후 나는 성철 스님이 타임지를 본다는 기사를 대하자 이분도 그 고승에게 욕을 먹었으리라 생각한 적이 있었다.

여하간 극락암을 거쳐 나는 산을 한참이나 올랐는데 등산화도 아닌 운동화를 신은 데다 가방이 너무 무거워

열 번도 더 넘게 쉬어가다 결국 가방 안에 넣어가던 10파
운드짜리 아령을 꺼내 나무 뒤에 두고는 나뭇잎 따위를
덮어 숨겼다. 잠깐 웃음이 났는데 사람이라고는 종일토
록 아무도 오지 않을 곳임에도 굳이 숨겨두는 나 자신의
소심함이 우스웠던 것 같다.

아령을 내던졌음에도 십여 권의 책이 들어있는 가방
은 여전히 꽤나 무거웠는데 그런 만큼 산을 거의 올라갔
을 때 얻어지는 만족감도 컸다. 나는 그 높은 산을 정복했
다는 만족감에 스스로를 찬양하며 땀을 닦고는 산어귀를
돌아섰는데 그때 커다란 충격에 휩싸이고 말았다.

어떤 노부부가 손바닥만 한 밭에서 일을 하고 있는 것
이었다. 나는 두 눈을 의심할 도리밖에 없었다. 이 높은
곳에 밭이라니. 그것도 한 줌도 안 될 것 같은.

"저 밑에서 올라오셨어요?"

나의 관심사는 단 하나, 이분들이 혹시 저 밑에서 올라
오셨으면 어떻게 하나였다.

"그럼요!"

"저 밑에서요?"

"그렇다니까요."

"올라오는 데 얼마나 걸리시는데요?"

"글쎄, 한 한 시간. 지금은 나이가 들어 더 걸리긴 해요."

"이 작은 밭을 가꾸려고요!"

"그럼."

나는 '도대체 요 작은 데서 나는 게 돈으로 얼마어치 된다고요' 내뱉으려다 문득 느껴지는 게 있어 입을 꽉 다물고 말았다. 그러고는 그 자리에 앉아 한참이나 노부부가 일하시는 걸 바라만 보았다. 나는 거기서 전혀 생각도 하지 않았던 다른 세계, 그분들이 사시는 세계가 처음으로 나의 인식 체계 안으로 들어오는 느낌을 받았다.

인간이란 이런 것이구나. 내가 모르는 세계에서 사람들은 이렇게 작은 일에도 최선을 다하며 살아가는 것이구나. 그리고 그 덕에 나는 안락하고 풍요로운 삶을 영위하는 것이구나.

그해 여름 나는 영취산 백운암에서 새벽 네 시에 일어나 밤 열 시에 잠들 때까지 참으로 열심히 책을 읽고 읽었지만 매일 그 험한 길을 올라와 손바닥만 한 밭을 가꾸던 노부부의 모습에서 깨달았던 가르침에는 크게 미치지 못한다 생각하며 산을 내려왔다.

굿바이 바이칼

여행을 많이 다녔지만 특별히 기억에 오래 남는 곳 중 하나가 바이칼호다. 통상 한국에서 바이칼을 가기 위해서는 시베리아의 중심 도시 이르쿠츠크나 부리야트족의 수도 울란우데를 먼저 들르게 되는데 울란우데는 바이칼 호수의 동쪽 면에 접해있고 이르쿠츠크는 서쪽 면에 닿아있다.

내가 이 두 도시를 처음 방문했던 1994년 무렵에는 한국에서 하바롭스크까지 가는 직항 노선이 생겨 수월하게 러시아에 들어갈 수 있었고 하바롭스크에서 울란우데까지는 러시아 국내선 비행기를 이용할 수 있어 바이칼에의 접근이 무척 쉬워졌다.

바이칼호는 우리 한국인의 이동과 매우 밀접한 관련이 있는 지역이다. 빙하시대가 끝나면서 남유럽으로부터 메소포타미아로 옮겨간 호모 사피엔스의 한 무리는 거기서 북으로 올라가 이란고원과 자그로스산맥을 넘은 다음 꾸준히 동쪽으로 걸어 바이칼호에 다다랐다.

이들이 바로 우리 한국인을 형성하는 무리 중 하나로, 거기서 정착해 지금까지 살아오고 있는 사람들의 마을을 보면 솟대며 부엌이며 마치 우리나라 시골에 온 것 같은 기시감을 갖게 된다. 여기서 계속 이동한 무리들이 바로 우리의 조상이며 북만주와 한반도에 자리를 잡았고 일부는 베링해를 걸어 아메리카로 들어갔다.

나는 바이칼로 안내할 영어가 가능한 러시아 통역을 소개받았는데 전형적인 러시아 미인이었지만 이가 거의 검은색이라 놀라지 않을 수 없었다. 이유를 물었더니 물은 나쁘고 치약이 없다 했다.

다음 날 우리는 자동차 한 대를 대절하여 바이칼호로 갔다. 바이칼호의 물은 너무도 깨끗해 바로 떠서 마셔도 될 정도였고 워낙 찾아오는 사람이 없어 주변은 고요하기만 했다. 레나라는 이름을 가진 그 안내자는 조약돌 하나를 주워 귀에 대게 하고는 바이칼의 소리를 들으라 했다. 귀를 막으니 웅 하는 소리밖에 안 들렸지만 나는 웃으며 고개를 끄덕였고 그녀 역시 웃었다.

호숫가를 따라 걷던 우리는 인근에서 캠핑을 하는 십여 명의 사람들과 마주쳤는데 그들 중에는 레나의 친구가 있었다. 이 아가씨는 레나로부터 내가 한국에서 온 사람이라는 얘기를 듣자 나를 자기들의 보스인 보리스에게로 데려갔다.

백계 러시아 여성들에게 온몸을 내맡긴 채 안마를 받으며 아무 일이나 함부로 시키고 있던 보리스는 시베리아에서 보험업을 시작해 큰돈을 번 사람이었는데 뜻밖에도 검게 그을린 얼굴에 쭉 째진 눈썹, 꾀죄죄한 차림의 몽고인으로 영락없이 1960년대를 살던 우리나라 사람 같았다. 그 많은 금발 미녀들을 거느린 자가 몽고인, 그것도 현대 한국 사회에서는 눈을 씻고 봐도 찾을 수 없는 꾀죄죄한 인물이라니. 보리스는 신기한 표정으로 내 얼굴을 한동안 유심히 관찰하더니 손을 내밀었다.

"한국? 어디 있는 나라요? 그런데 도대체 어떻게 당신은 나와 똑같이 생긴 거요? 어딘지 중국인하고도 다르고 일본인하고도 달라. 나와 너무나 비슷하단 느낌이오. 혹시 우리가 옛날 옛적 피를 나눈 거요?"

나는 우리가 어릴 적 엉덩이에 푸른 반점을 가진 같은 뿌리를 가진 사람들로 분류하자면 몽고퉁구스족이다, 얼굴 폭이 넓고 광대뼈가 튀어나온 데다 눈꼬리가 위로 솟구쳐 있어 입 다물고 있으면 화난 사람처럼 보인다고 얘기해 주었다.

"하하하하! 하하하하! 한국, 한국이라고. 나와 똑같아, 당신 나와 똑같은 사람이라니까!"

그는 갑자기 내가, 아니 생전 처음 보는 한국인이 자기와 똑같이 생긴 게 너무도 좋아진 모양이었다. 말젖으로 만든 마유주를 통째 옆에 놓고 우리는 형이니 동생이니 부르며 밤이 새도록 마셨다.

불빛 하나 없는 드넓은 초원, 하늘 가장자리를 흐르는 은하수가 당장이라도 흘러내릴 듯한 밤, 그 한가운데를 가로질러 별똥별 하나가 온몸을 태워 포물선을 그었다. 밤새 찰랑거리는 파도 소리가 쉴 새 없이 귓속으로 밀려드는 바이칼. 그 아득한 시간의 저편에서 생겨나 갈라져 살던 두 사람이 우연히 만나 그 옛날의 전설을 되새김질하는 사이 시간은 알아차리지도 못하는 새 저만치 날아가 버렸다. 내가 동행했던 일행을 찾자 보리스는 손으로 파오를 가리켰다. 거기서 잘 자고 있으니 걱정 말라는 뜻이었다.

"형님 파오는 저기 저 하얀 거요. 침대에 내 아내가 들어가 있으니 품고 자요."

보리스의 입에서 흘러나온 한마디가 나의 혼을 쏙 빼놓았다.

"무슨 소리요?"

"형님, 내 아내와 같이 자지 않으면 나를 무시하는 거요."

언젠가 들었던 그 풍습, 친구에게 자신의 처를 내준다는 그 믿을 수 없었던 풍습이 바로 내 눈앞에서 내게 베풀어지고 있었다.

"안 되는 일이오."

뜻은 알겠지만 절대 안 되는 일이라고 사양하자, 의외라는 듯이 뚫어져라 나를 바라보던 야생의 친구 보리스.

그로부터 오랜 세월이 지나 바이칼의 기억도 희미해져 가던 어느 날, 레나로부터 한 통의 편지를 받았다. 나는 남은 여행비를 치과 치료비로 쓰라며 그녀에게 주고 왔는데 다행히 그녀는 치아를 완전히 회복하고 스위스 남자와 결혼해 루체른에 살고 있다 했다.

일본아, 같이 가자

일본 니코를 방문했을 때 얘기이다. 예약한 여관 입구에 들어선 나는 너무도 놀라 제자리에 선 채 말을 잇지 못했다. 이십 대 중반쯤으로 보이는 여성 지배인이 너무도 예뻤기 때문이었다. 나는 어떻게 이런 정도의 미모를 가진 여성이 이런 작은 여관에서 일을 할까 의아했는데 알고 보니 주인의 딸이었다.

일본의 여관은 식사를 제공하는데 이 식사가 온갖 정성이 들어간 진미라 여관 마니아들은 각 여관의 식사를 비교하는데 열을 올리곤 한다.

반주를 곁들인 저녁 식사를 마치자 선량함이 뚝뚝 묻어나는 여관 주인은 나를 위해 가라오케행을 제안했다. 밤이라 달리 할 일이 없던 내가 흔쾌히 동의하자 주인은 자신의 동료들을 불러 우리는 다 같이 가라오케에 가서 재미있게 놀았다.

당시 나는 사십 대 초반이었고 여관 주인과 친구들은 오십 대 후반 정도였는데 내가 아는 일본 노래가 고작 두세 곡이었던데 반해 일본 아저씨들은 한국 노래를 많이 알았고 내가 새로 나온 노래를 불러주자 박수를 치며 너무도 좋아했다.

다음 날 저녁은 아예 이분들이 여관으로 와 저녁 식사부터 같이 시작했는데 아주 흥겨운 자리였다. 취기가 오르자 우리는 한일관계 등 거리낌 없이 하고 싶은 얘기들을 다 했는데 한 분이 한국에 갔던 얘기를 꺼냈다.

"1998년 월드컵 때였어요. 그때 우리 일본인들은 애가 탈 대로 탔죠. 이겨야 할 경기들을 죄다 지거나 비겼으니까 말이에요. 도쿄에서 벌어졌던 한국과의 경기가 결정적이었어요. 2 대 1로 역전패 당했는데 그때 일본인들은 다 울었을 거예요. 그 경기 이후 일본은 완전 추락해 본선 진출은 거의 불가능하다 생각했으니까요."

그는 우리가 소위 동경대첩이라 얘기하는 그 경기를 얘기하고 있었다.

"우즈벡이다, 카자흐스탄이다, 보통 때라면 너끈히 이길 수 있는 나라들하고 다 비기고는 하늘이 노래진 가운데 한국과의 2차전이 벌어졌어요. 우리 일본인들은 완전 절망이었어요. 한국이 오죽 강합니까? 특히 일본과 붙을 때는 선수들이 죽음을 각오하고 뛴다는 거 아닙니까?"

나는 웃음을 머금은 채 이어지는 그의 얘기에 귀 기울 였다.

"저는 그날 한국으로 날아갔어요. 잠실 경기장이었죠."

여관을 경영하면서 니코 관광 협회 전무를 맡고 있던 그는 대단한 축구광이었다.

"그 경기를 지면 끝이었기 때문에 우리는 잔뜩 긴장해 경기장에 들어섰어요. 그 전 회 월드컵은 도하에서 30초 남기고 이라크에 한 골 먹는 바람에 일본 전역이 통곡의 바다가 되었었잖아요. 소위 말하는 '도하의 비극'이죠. 한 국에게는 '도하의 기적'이 되었지만."

그 당시 일본이 경기 종료 불과 30초를 남기고 한 골 먹는 바람에 일본은 탈락, 한국은 본선 진출이라는 희비 쌍곡선이 두 나라를 휘감았었던 기억을 떠올리며 나는 그의 얘기에 맞장구를 쳐주었다.

"아, 그런데."

말을 멈춘 그는 갑자기 격앙한 듯 목소리가 떨려 나오 는 것 같았다.

"그게, 그게, 잠실 경기장 한가운데……."

한 번에 말을 잇지 못하던 그는 갑자기 술잔을 덥석 잡아 한 잔 들이켠 다음 토하듯 내뱉었다.

"대형 플래카드가 걸린 거예요. 어디서 봐도 다 보이는, 누가 봐도 알 수 있는……, 플래카드가 말이에요. 뭐라고 쓰인 줄 알아요?"

잠자코 고개를 가로젓는 내게 그는 젖은 목소리로 말했다.

"일본아, 같이 가자!"

놀랍게도 그의 눈가에 이슬이 맺혔다.

"눈물이 핑 돌고 숨이 꽉 막히는 게……, 가슴이 먹먹해 나는 보이지 않는 곳에 가서 흐르는 눈물을 닦아내느라 축구는 보지도 않았어요. 축구는 문제도 아니었단 말입니다. 2 대 0으로 이겼는데 내 눈에는 한국 선수들이 걸어 다니는 걸로 보이더군요. 당시 한국은 이미 본선 진출이 확정되었고 일본은 한국과 카자흐스탄을 연파해야 본선에 진출하는 거였어요. 그때 나는 확연히 느꼈어요. 한국이, 한국인들이 저기 중동이나 중앙아시아 어느 나라보다 우리 일본을 훨씬 사랑한다는 걸요."

나는 양국 간 반일, 혐한 감정이 고조될 때마다 그를 떠올리곤 한다.

아프가니스탄 사람

로스앤젤레스 보나벤자 호텔에 묵었을 때였다. 같은 호텔에 머물고 있는 펜스 부통령 경호 때문에 택시가 교통 체증에 걸려 꼼짝 못 하자 나는 지루함을 달래려 기사에게 말을 걸었다. 그는 아프가니스탄의 지식인 출신으로 보였는데 자신은 운 좋게 가족과 미국에 와 택시 운전을 한다 했다.

사람들이 모르는 아프가니스탄 얘기를 좀 해달라는 나의 청에 그는 마약 얘기를 꺼냈다. 아프가니스탄이 마약 수출로 악명이 높지만 사실 그 원죄는 미국과 유럽에 있다는 것이었다. 20세기 초 세계적인 제약 회사들이 아프가니스탄에 제약의 원료가 되는 양귀비 등 마약류를 대거 심고 재배하다 사정이 바뀌자 그걸 모두 그대로 둔 채 철수했다는 것이다.

세계 최빈국 중 하나인 아프가니스탄 사람들이 그 돈

덩어리를 그냥 둘 리 없고 그 관점에서 보면 책임이 아프가니스탄에만 있는 건 아니라는 게 그의 변이었다. 나는 썩 동의하기 힘들었으나 그의 다음 얘기에는 어딘지 씁쓸해지지 않을 수 없었다.

"우리 아프가니스탄 사람들은 친구를 매우 소중히 여깁니다."

그가 이렇게 얘기를 시작할 때만 해도 나는 속으로 비아냥거렸다. '친구 소중히 여기는 나라가 어디 거기뿐이겠소.'

"친구가 집에 찾아오면 온 정성으로 대접하지요."

'우리나라 또한 마찬가지요. 어디 우리나라뿐이겠소. 전 세계에 안 그런 나라가 어디 있겠소.'

나의 이런 속마음을 아는지 모르는지 그는 얘기를 이어나갔다.

"친구가 내 집에 왔을 때 친구의 적들이 뒤를 따라오는 경우가 있단 말입니다."

'있을 수 있겠지.'

나는 마음속에서 끄덕였다.

"그럴 때 우리 아프간 사람들은 친구를 원망하지 않아요."

'그거야 뭐 친구를 원망할 수 없겠지. 몰래 뒤따라오는 게 어디 친구 탓이겠나.'

"상대가 하나든, 둘이든, 다섯이든, 열이든……."

나는 어딘지 범상하지 않은 느낌이 들어 잠자코 그의 말에 귀를 기울였다.

"같이 싸우다 죽어요."

"네?"

"친구를 죽이러 온 놈들이니까 같이 싸워야 하잖아요."

"열 명이 와도?"

"열 명 아니라 백 명이 와도 같이 싸우다 죽을 수밖에 없어요. 친구를 내줄 순 없잖아요."

나는 왈칵 반감이 솟아났다.

"백 명이 와도 같이 싸운다고요?"

"네."

"죽는 게 뻔한데도?"

"네."

"가족은요?"

그는 대답을 하지 않았다. 가족이라고 무슨 다른 운이 있겠소 하는 것 같았다.

"그게 합리적일까요?"

그건 의리로 치장한 야만에 불과하다는, 무책임하고 무지한 삶이라는 샤우팅을 누르며 묻자 그는 또다시 대수롭잖게 답했다.

　"친구를 내줄 수는 없는 일이니까요."

　"가족을 아무 상관도 없는 일에 휘말려 죽게 한다고요? 그건 당신의 의리이지 당신 가족의 것이 아니잖아요."

　"그러면 아무것도 할 수 없어요."

　"네?"

　"가족을 생각해서 친구를 돕지 않으면 우리 하나하나는 너무 약해요. 여기 미국이나 당신네 나라는 법이나 경찰이 지켜줄지 모르지만 우리는 아니거든요. 같이 싸우다 죽는 건 약속이에요. 그게 아프간의 친구죠."

　"친구."

　갑자기 친구라는 말의 의미가 나의 뇌리를, 아니 나의 가슴을 찔러왔다. 좋을 때만 좋은 친구, 편할 때만 가까운 친구는 얼마나 많은가. 그러나 저처럼 위기를 함께 넘어서며 나의 진정한 백그라운드가 되어주는 친구를 우리 세련되고 현명한 사회의 사람들은 얼마나 가지고 있을까.

　"여하튼 내 친구의 적은 나의 적이에요."

나는 택시에서 내렸고 그는 갔다. 그러나 그의 입에서 나왔던 그 비합리의 한마디는 그날 이후로 나의 머리에서 떠날 줄 몰랐다.

"My friend's enemy is my enemy.(내 친구의 적은 나의 적이지요.)"

역사 속 이야기를 찾아서

■ 작가의 말

역사는 이미 우리의 내면에 들어와 우리를 형성하고 있다.
올바른 역사를 찾아가는 길이 바로 내가 누구인지를 찾아
가는 삶의 여정이다.

돌아오라, 몽유도원도

몽유도원도(夢遊桃源圖)는 한국의 가장 뛰어난 그림 중 하나로 꼽힌다.

안평대군은 꿈속에서 박팽년, 이개와 함께 무릉도원을 찾아 헤맸다. 평범하게 차려입은 한 노인에게 무릉도원이 어디인가 묻자 노인은 도원이 여기인데 어딜 그리 헤맨단 말인가 하고 대답한다.

안평대군이 노인이 가르쳐 준 길을 따라 걷자 눈앞에 무릉도원이 나타났다. 바위틈 사이로 흐르는 맑은 물을 따라 복숭아가 끝도 없이 매달려 있는 구름 속의 장관이었다. 이 무위의 도원을 보는 순간 안평대군은 피바람이 부는 세상을 떠나 안거하고자 하나 그 순간 꿈이 깨어버린다.

안평대군은 꿈이 깨자 너무도 아쉬웠다. 꿈속의 도원이야말로 자신이 평생 찾아 헤매던 이상향이었다. 안타까움을 금치 못한 안평대군은 며칠이나 잃어버린 이상향의 꿈을 다시 얻으려고 노력했으나 한번 지나간 꿈은 돌아올 줄 몰랐다. 급기야 안평대군은 가슴의 병을 얻게 되었다. 노심초사하던 그는 안견을 불러 꿈 이야기를 들려준다.

"여보게, 우리 목숨을 거세. 자네는 혼신의 힘으로 내가 본 도원을 그려주게. 나 역시 혼백을 다하여 글을 쓰겠네."

안견은 필생의 힘을 바쳐 그림을 그려낸다. 여기에 조선 최고의 명필로 꼽히는 안평대군이 귀기 서린 글씨를 써 붙였고 당대 최고의 문인 열 몇 사람을 불러 한 가지 주제로 시를 쓰게 했다. 서거정, 김시습, 신숙주, 박팽년, 이개, 김종서 등 조선 초기의 당당하고 기백에 찬 선비들이 전쟁을 치르듯 한 가지 주제 아래 미친 듯한 글솜씨를 뿜어낸다. 몽유도원도는 이렇게 완성되었고 이 그림은 한국을 대표하는 걸작으로 중·고등 교과서에도 실려 있다.

언젠가 국립중앙박물관에 안견의 몽유도원도를 보러 간 일이 있었다. 아, 그때의 참담함이란. 박물관에 걸어놓은 그림은 진품 몽유도원도가 아니라 한 출판사에서 몽유도원도를 사진으로 찍어 카피를 뽑은 후 책을 살 때 함께 끼워주는 복사본이었다. 시가로 따지면 이천 원이나 될까.

이런 것이 중앙박물관에 걸려 있는 것이 우리나라의 실정이었다. 나는 즉각 그림의 소재 파악에 나섰다. 추적한 결과 이 그림은 일본의 천리대학교 도서관 지하의 수장고에 있었다. 임진왜란 때 문화재만 전문으로 털어 가던 시마쓰 부대의 시마쓰가 고향으로 가지고 가 일본 내에서 전전하다 지금은 천리대학교에 자리를 잡은 것이다.

나는 천리대학교를 방문하기도 하고 천리교의 교주에게 간곡한 편지를 보내기도 했다. 마침 천리교의 교리가 '남의 것은 절대 빼앗지도 말고 욕심을 내지도 말 것이며 잘못해 가지게 된 것이 있으면 돌려주라'는 것이어서 나는 희망을 품었다.

"교주님, 천리시를 방문했던 것은 아름다운 기억이었습니다."

나는 천리교주에게 편지를 썼고, 그는 천리대학교 도서관장을 시켜 회답을 보내왔다.

"김 선생님, 몽유도원도가 얼마나 중요한 그림인지 잘 알았습니다. 그러니 더욱 잘 보관하겠습니다. 김 선생님 건강하시기를 빌겠습니다."

웃어야 하나, 울어야 하나.

그 후 몽유도원도는 한국에서 전시되었다. 전시되면 한국인들에 의해 강탈당해 영원히 일본으로 돌아오지 못한다며 끝까지 한국 전시를 반대했던 천리대학교 도서관장은 강탈은커녕 아예 관심조차 안 보이는 한국인들을 비웃으며 한국에는 미래가 없다 내뱉고는 일본으로 돌아갔다.

우리는 역사를 외면하고 있다. 충분히 공감이 간다. 누구인들 일본의 낭인들이 경복궁에 난입해 국모를 살해한 후 능욕하고 그 시체까지 불태운 행위에서 시작해 식민 지배, 정신대, 강제 징용에 이르는 역사를 마주하고 싶을 까. 그래서 우리는 조상을 원망하는 습관이 배어 있는 듯 하다. 하지만 지금의 우리는 역사의 책무에서 자유로울 수 있을까? 어쩌면 문화재 회수는 이제 먹고 살 만한 형 편이 된 현세대의 책임일지도 모른다. 어쨌거나 조상님 들은 온몸을 다 바쳐 오천 년의 가난을 극복해 주지 않았 는가. 내 책임이 아니라고, 내 조상의 탓이라고 그저 외면 하고 마는 것이 과연 정당할까.

함흥차사

오래전부터 전해져 오는 흥미로운 이야기가 있다.

함흥차사.

태조 이성계가 아들 이방원이 왕자의 난을 일으켜 골육상쟁을 겪자 세상을 버리고 함흥으로 가 이방원이 보내는 사신들은 물론 자신을 찾아오는 사람은 누구를 막론하고 활을 쏘아 죽였다는 이 이야기는 우리 일상 속에도 깊숙이 자리 잡고 있다.

이 이야기는 과연 진실일까.

조선왕조실록에는 아주 조그마한 사실들까지 세세히 적혀있다. 누가 집 앞에서 세수를 하다 청계천에 빠졌다는 정도의 시시콜콜한 일까지도 다 기록되어 있어 웬만한 일은 조선왕조실록을 보면 다 알 수 있는 것이다.

그런데 이 조선왕조실록을 아무리 뒤져봐도 함흥에 가서 죽은 사람의 이름자를 찾을 수가 없다. 왕인 이방원이

상왕인 이성계에게 보낸 사신이 미관말직일 수는 없는 노릇이고 중신이거나 적어도 당상관 이상일 텐데 그 세밀하다는 실록에 적혀있는 이름이 하나도 없는 것이다.

이것은 실록에 누군가의 입김이 작용했다는 이야기, 더불어 함흥에 사신으로 가 죽은 사람이 단 한 명도 없다는 이야기다.

실록에 작용한 입김은 자명하다. 태종실록의 편찬을 감독한 하륜은 이방원의 심복 중 심복이며 그는 역사를 기록하는 사관들이 궁에 나오지 않아 그들의 장남을 잡아 가두고 협박했다는 기록까지 있는 인물이다. 그렇게 남겨진 기록이 세종 때에 이르기까지도 여러 번 고쳐졌다. 왕조차 보지 못해 틀림없기만 하다는 실록의 진실성은 적어도 이 시기에는 확보된 것이 아니었다.

다시 함흥차사의 배경을 생각해 보자. 어린 이복동생들을 죽이기로 결심하는 이방원이 가장 먼저 생각해야 하는 일, 가장 먼저 염려해야만 하는 일은 말할 필요도 없이 아버지 이성계의 분노이다. 이방원의 이복동생은 이성계의 사랑하는 자식들이며 이성계는 당장의 왕이자 천하가 알아주는 명장이다. 이성계가 권력을 가진 한 이방원은 결코 거사를 꾸밀 수 없다. 일이 무사히 이루어지려면 이성계는 실각해야만 하며 힘을 가진 신하들과 격리되어야만 하는 것이다.

이성계는 제압되었을 것으로 보는 것이 논리에 맞다. 최소한 궁중에 억류되었을 것이며, 만일 함흥에 간 것이 진실이라면 그것은 세상이 싫어 갔다기보다는 이방원에 의해 강제로 보내진 뒤 외부와 차단되어 유폐되었을 가능성이 크다.

이렇게 생각하면 다음은 간단하다. 아무도 이성계를 만날 수 없는 것이다. 평생 전쟁터를 함께 누빈 수많은 부하와 동료들, 힘을 가진 권신들이 마음대로 함흥에 찾아와 이성계를 만난다면 일어날 일은 자명하다.

함흥차사란 그래서 생겨난 마타도어일 것이다. 함흥에 가면 이성계에게 죽임을 당해 돌아오지 못한다. 가지 말라. 그러나 실제로 죽이는 것은 이성계가 아닌 이방원이다. 오지 말라고 외치는 이성계가 아닌 가지 말라고 경고하는 이방원이 있는 것이다.

자식 간의 골육상쟁을 보기 싫어 세상을 등진 왕이 찾아오는 옛 친구를 모조리 쏘아 죽였다는 이야기. 혹은 아버지를 경계하여 유폐한 자식이 패륜을 가리고자 지어낸 이야기. 후대에까지 몇 번이나 고쳐졌다는 이 이야기의 진실이 어느 쪽인지는 독자들의 판단에 맡긴다.

한국인의 정체성

새뮤얼 헌팅턴이 그의 유명한 저서 『문명의 충돌』에서 한국 문명은 중국 문명과 일본 문명의 아류 같은 것이라고 규정하자 한국인들은 큰 충격에 휩싸였다. 스스로를 문화 민족으로 생각해 온 데다 오히려 중국을 비문명의 현실주의로, 일본을 야만으로 생각해온 경향이 강했던지라 이 충격은 한동안 지속되었는데 문제는 막상 과연 무엇이 한국 문명의 정체성인가, 한국 문명은 어떤 점이 특출한가 자문했을 때 단번에 그 답을 찾기가 쉽지 않다는 데 있었다.

일상에서 외국인과 대화할 때 너희 한국 문화의 특성, 한국인들의 특징은 무엇이냐 하는 질문을 받을 때도 우리 한국인들은 어려움을 겪는다. 누군가는 정이 많다 대답하고 누군가는 맵고 짜다 대답하는데 현대에 와서 이런 대답이 과연 맞는지는 우리 스스로도 고개를 갸웃거리게 된다.

헌팅턴이 한국 문명을 중국의 아류라 한 데는 아마도 유학이 크게 작용했을 것으로 보인다. 조선이 500년간이나 공자의 유학에 푹 빠져있었으니 그런 평가를 받는 게 아주 틀렸다 할 수 없을지는 모르나 그럼에도 불구하고 그의 시각에는 유감을 표하지 않을 수 없다. 오래 보아야 예쁘다는 나태주 시인의 시처럼 한국 문명에는 주마간산 격으로 보아서는 도저히 알아챌 수 없는 세 개의 위대한 성취가 있다. 그리고 이 성취의 배후에는 인류의 거대한 진보를 가능케 한 위대한 정신이 숨어있는 것이다.

이 성취의 하나는 금속활자이다. 700만 년의 역사를 가진 인류는 그중 699만 9천 년 이상을 강자가 무력으로 약자를 억압하고 수탈하며 살아왔다. 짐승에게 발톱과 이빨이 무기이듯이 인간에게는 지식과 정보가 무기인데 이 지식과 정보는 철저히 소수의 기득권자들에게만 소유되고 전승되어온 것이다.

그러나 금속활자의 출현이 세상을 일거에 바꾸었다. 책 한 권 값이 좋은 집 세 채보다 비싸 부자나 권력자가 아니면 책을 읽을 수 없었던 세상이 돌연 누구나 물을 마시듯 책을 볼 수 있게 되면서 크게 바뀌었다. 사제가 독점했던 하느님의 말씀이 성경을 통해 일반인에게 그대로 전달되며 종교 혁명이 일어났듯, 소수가 독점했던 지식이 만인에게 전달되니 지식의 혁명이 일어난 것이다. 강자만이 숨 쉬던 세상에 모든 인간이 같은 자격으로 동행하게 된 바, 바로 이 금속활자를 세계에서 최초로 발명한 사람들이 바로 우리 한국인인 것이다.

한글 역시 약자와의 동행이라는 인류의 영원한 이념이 세종대왕에 의해 실현된 훌륭한 문물이다. 이 세상의 모든 문자는 오랜 시간을 두고 자연발생적으로 만들어진다. 하지만 한글은 그 창제 이유에도 밝혀져 있듯 문자가 어려워 따라갈 수 없는 사람들을 위하여 일부러 만든 것이다. 약자와의 동행이라는 인류가 영원히 추구해야 할 이념이 이보다 더 잘 이루어진 예는 찾기 어렵다. 역사적으로 강자는 문자를 독점하려 했지 베풀려 하지 않았으며, 설혹 나누려 하는 이가 있어도 오랜 훈련을 거치지 않으면 쉬이 전승되지 않았던 까닭이다.

금속활자의 현대판이 바로 반도체인데 다른 선진국에 비해 기술 수준이 열악한 한국이 유독 메모리 반도체 개발 및 생산에서 굳건히 세계 1위를 지키고 있는 것은 금속활자에서 한글로 이어지는 그 문화적, 역사적 배경이 작용했다고 생각할 수 있다.

이처럼 금속활자, 한글, 반도체는 모두 지식과 정보를 저장하고 전파하는 수단으로 항상 그 시대의 가장 앞선 문명이었고 앞으로도 인류를 이끌어 갈 장치이다. 그리고 이 문물들이 공통적으로 갖고 있는 상징은 약자와의 동행, 인간은 다 같이 행복해져야 한다는 인류 궁극의 신념과 정신의 표출이다.

결국 한국 문명의 특징이란 지식의 보존과 전파이며 이것이 바로 한국인의 정체성인 것이다. 한 나라의 문명을 가장 잘 관찰하고 그것을 올바로 자리매김할 수 있는 주체는 바로 그 나라의 국민이지만 그간 우리는 이런 일에 있어 너무 게을렀으며 제대로 역량을 기르지 못했다. 어쩌면 중국을 오백 년이나 바라보고 살아온 데서 형성된 사대 의식도 한몫했을 것이다. 그리하여 우리 스스로 우리 문명의 가치를 폄하하고 그 올바른 평가마저도 외국인에게 의존해 왔다.

우리는 전 세계에 목청 높여 인류사에 대한 한국 문명의 기여, 무엇보다도 그 문물의 기저에 깔린 약자와의 동행이라는 정신을 세계에 알려야만 한다. 스스로 절실한 노력 없이 남들이 알아서 대접해 주기를, 우리를 대신해 외국의 학자들이 오롯이 밝혀내어 공정히 알려주기를 기대하고 기다리기만 해서는 무엇도 얻을 수 없을 것이다.

에조 보고서

일본 의회 도서관 헌정 자료실 이토오 백작 문고에 가면 에조 보고서라는 게 있다. 1895년 경복궁 내의 건청궁 옥호루에 일본 낭인 수십 명이 난입해 명성황후를 살해한 사건의 전모를 기록한 이 보고서는 사건의 예비에서부터 실행까지 소상하게 기록한 매우 귀중한 사료이다.

이 보고서는 당시 조선 정부의 내부 고문관이던 이시즈카 에조가 작성해 일본에 있는 자신의 직속상관인 스에마쓰 가네즈미 우정국 장관에게 보낸 것으로 사건의 지휘자가 미우라 공사임을 직시했다. 하지만 이 보고서의 존재 가치는 무엇보다도 당시 명성황후 살해 현장의 모습을 생생하게 기록한 데 있다.

명성황후 시해를 다룬 논픽션 작품 『민비 암살』을 보면 저자인 쓰노다 후사코는 "당시 현장에 있던 일본인 중에는 같은 일본인인 나로서는 차마 옮길 수 없는 행위를 하였다는 보고가 있어……"라고 써 놓아 명성황후 시해의 현장에는 숨겨진 비밀이 있음을 암시한다.

일본의 역사학자 야마베 겐타로 또한 저서 『일한병합소사』에서 "명성황후는 살해당한 후 낭인들에게 능욕당했다"라고 쓰고 있는데 두 사람의 이런 기술의 원천이 바로 에조 보고서이다. 특히 보고서는 미우라 공사 몰래 작성되어 비밀리에 본국의 스에마쓰에게 전달되었으므로 명성황후 살해의 배후로 지목되는 이토 히로부미나 무쓰 무네미쓰의 손길을 벗어나 진실이 보전되고 있다.

"미우라 공사에게는 배신의 극치이지만……"이라고 시작되는 이 보고서의 서두는 시해 순간을 이렇게 기록하고 있다. "문을 열고 왕비를 끌어내 칼로 몇 군데 상처를 낸 후(刀傷) 발가벗기고(裸體) 국부검사(局部檢査)를 했다. 참으로 우습고 노할 일이다(可笑可怒). 그 후에는 기름을 부어 소실했다. 궁내부 대신은 칼로 베어 죽였다."

야마베는 이 놀라운 구절에 대해 사망 후 능욕이라는 해석을 했지만 이 보고서의 어디에도 그런 추정을 할 근거는 없다. 이 보고서를 자구 그대로 읽으면 명성황후는 살아 있는 상태에서 능욕을 당했다고 해석되지만 일본인인 야마베는 차마 이 엄청난 진실을 그대로 옮기기 힘들어 사후 능욕이라는 표현을 썼을지 모른다.

그간 우리 정부는 명성황후 능욕 사건에 대해 한 번도 조사한 적이 없다. 이것이 만약 일본과의 외교 관계를 고려했거나 너무도 치욕스러운 일이라 조사를 포기한 것이라면 그것은 너무나 큰 잘못이다.

역사란 대를 물리며 쌓인 사실들이 유기적으로 얽히며 이루어진 문화의 바다와 같은 것이다. 그 자체로 최고의 자산이며 무기인바, 대목마다 유불리와 손익을 따져 감추거나 곡해하면 결국 그 자산을 송두리째 오염시키는 꼴이다. 먼저 있었던 사실 그대로를 인정하고 밝힌 뒤 그에 따라 대처하고 필요하다면 편의를 찾음이 옳다. 일본의 역사 왜곡에서 우리의 자산을 지켜내야 할 정부가 오히려 그에 협조하는 우를 범해서는 결코 안 될 것이다.

보통의 일본인들은 부끄러운 과거사를 전혀 모른다. 한국이든 아시아든 유엔이든 바깥 세계에서는 정신대를 그렇게 떠들지만 정작 일본인들은 이들을 못마땅한 시선으로 본다. 일본 정부가 정신대를 돈을 벌기 위해 일본 군대를 따라다닌 몸 파는 여자로, 징용은 돈을 벌기 위해 일본으로 자진해서 온 노동자로 호도하기 때문이다. 언젠가 이런 논리를 강변하던 한 일본인에게 명성황후의 최후를 알려줬더니 그는 의회로 달려가 자신의 두 눈으로 직접 에조 보고서를 보고 나서야 눈물을 흘리며 사죄해 왔다.

이 사람의 예에서 보듯이 우리 정부는 일본인 스스로 기록한 이 명성황후 시해의 참혹한 진상을 하루 속히 조사해야 한다. 그래서 일본 국민들이 자신들이 저지른 과거의 만행을 제대로 인식할 수 있도록 해야 한다. 그때 비로소 일본 시민 사회에서 왜곡된 역사 교육과 그 연장선상에 서 있는 독도 영유권 주장에 대한 의심과 우려가 점화될 것이다.

일본 문부성이 그토록 강요한 후쇼샤의 왜곡된 교과서를 거부한 주체가 바로 일본의 양심적 시민 세력이었다는 점을 기억하기 바란다.

공자의 고뇌

역사란 무엇인가 하는 질문은 끊임없이 문명을 따라다 닌다. 그리고 이에 대한 대답 또한 다양하다. 승자의 기록 이라는 말도 있고 도전과 응전이라는 나름 멋들어진 비 유도 있다. 어떤 대답이든 말하는 바가 크게 다르지는 않 다. 역사는 사건을 표본 그대로 남겨두지 않는다. 크고 작 음도, 형태도, 색깔도, 때로는 앞뒤마저도 시각과 주체에 따라 제각기 다른 기록으로 남는다.

과거 우리 교과서에서는 인도인들의 위대한 독립운동 이었던 세포이 항쟁을 세포이 반란으로 기술했었다. 그 것은 약자인 인도인이 아닌 지배자인 영국인의 시각이 우리 교과서에 반영되었기 때문이리라. 마찬가지다. 우 리의 자랑스러운 3·1 독립운동을 일본의 시각에 따라 3·1 반란으로 보도한 나라들도 즐비할 수밖에 없다.

어떤 시각으로 보느냐, 그것이 사관이다. 불행히도 우리나라의 역사는 우리의 사관보다 의도가 분명한 일본의 식민 사관과 중국의 춘추 사관에 의해 엉망으로 엉켜 있다.

일례로 일본은 과거 4세기 무렵 한반도 남부를 자신들이 다스렸다는 내용을 교과서에 실어 일본 국민들로 하여금 우리 땅을 찾자는 의식을 불러일으키고 죄의식 없이 한국을 침략도록 했었다. 또 중국은 고구려가 그들의 역사라 주장하며 근방의 모든 이웃한 민족을 그들에게 편입시키려는 음모의 갈래를 펼친 바 있다.

무엇이 더 위험하고 나쁜가를 따질 이유가 있겠냐마는 이 가운데 더 오래됐고 더 거대한 것은 중국의 춘추 사관이다. 근래에 새로이 등장한 문제가 아닌 먼 옛날부터 이어져 온 뿌리 깊은 음모, 세상을 오로지 한족 중심으로만 엮어온 보다 근본적인 침략이다.

그 춘추 사관을 확립한 사람은 성인 공자이다. 아이러니하게도 동이족의 핏줄을 갖고 한족으로 큰 그는 죽기 직전 동이족의 나라 은(殷)과 한족의 나라 주(周) 사이에서 그가 가졌던 정체성의 고뇌를 절규한다.

"나는 본래 은나라 사람이다(予始殷人也)."

젊은 시절 주나라 수도 낙양에서 한 "나는 주나라를 따르런다(吾從周)!"라는 말과는 정반대의 외침이다. 실제로 그는 평생 주나라를 오롯이도 사랑했고 그것은 그가 확립한 유교 사상에서 해결되지 않았던 충(忠)의 문제가 주나라를 모델로 내세우며 완성된 까닭이다.

유교는 세상을 규정하는 사상임과 동시에 강력한 정치철학으로 탄생했다. 충, 효, 예 등 상하 관계를 철저히 규정짓는 이념들로 백성을 묶으며 부국강병을 꾀하는 방법론으로 등장했으나 동시에 세상을 끊임없이 의심하고 의문을 가져 답을 얻어야만 하는 철학적 숙제를 벗어날 수는 없었던 것이다.

충(忠)은 백성의 의문이나 판단이 향할 수 없이 절대적이어야만 했다. 그러나 충의 대상인 군주의 자질이 늘 완벽할 수는 없었고, 오히려 권력에 취해 폭정을 일삼는 군주가 더 많았던 시대에 공자는 그 부조리에 대답해야만 했다.

과연 엉망인 군주를 향해서도 충을 다 바쳐야만 하는가, 오랜 고민을 하던 공자는 하늘을 빌려 대답했다. 형편

없는 군주는 하늘이 천명을 내어 교체한다는 역성혁명. 망하는 나라의 임금은 반드시 색을 탐닉한 폭군이며, 나라를 세우는 사람은 천명을 받아 성군이 된다는 패턴을 만들어 자신이 편찬한 사서에 펼친 것이다.

이에 따라 하나라의 마지막 왕 걸은 천하절색의 요부 말희에 빠져 국정을 도탄에 빠뜨린 폭군이어야 했고, 똑같이 은나라의 마지막 왕 주 역시 미녀 달기에 미혹돼 주지육림의 학정을 편 악인이라야 했으며, 주나라의 마지막 왕 유 또한 요사한 포사의 웃음 때문에 나라를 잃은 자로 기록되어야 했다.

사서는 이에 따라 조각되었다. 충과 군자의 사상에 딱 맞아떨어지는 주나라 문왕은 너무나 훌륭하고 중요한 모델이 되었고 민족의 구분과 영토의 경계가 희미했던 당시의 상황에서 은나라와 주나라는 같은 종족의 갈래에 놓였다. 정복 전쟁이 아닌 역성혁명의 결과가 되어야 했기에 악으로 가득했던 은나라가 자정 작용을 통해 주나라로 거듭나는 그림이 그려진 것이다.

그가 편찬한『서경』무성편에 나오는 기록,

화하만맥 망불솔비
華夏蠻貊 罔不率俾
[(주나라 무왕이 은나라를 멸망시키니) 한족 동이족
할 것 없이 따르지 않는 이가 없었다.]

이것은 비유하자면 '왜가 조선을 치니 왜인, 조선인 할
것 없이 모두 기뻐하며 왜인이 되었다'는 것과 같은 말인
바, 가히 왜곡의 정점을 찍었다 아니할 수 없다.

은나라와 주나라 사람 사이의 민족적 차이를 느끼지
않고서야 할 수 없는 '나는 은나라 사람이다'라는 고백과
는 너무나 동떨어진 기록임과 동시, '주나라를 따르겠다'
라는 선언이 의미심장하게만 들리는 대목이다.

공자의 제자들은 스승의 학문을 존경하면서도 스승의
역사 기록은 믿지 않아 자공은 '은나라 주왕이 그리 폭군
은 아니었던 듯하다'라는 표현으로 스승을 거역했으며
심지어 맹자는 『서경』을 다 믿는다면 차라리 『서경』이
없음만 못하다. 나는 무성편에서는 두세 쪽을 취할 뿐이

다'라는 직설적 표현으로 공자의 역사 왜곡을 비판하며 반대했다.

이처럼 중국의 왜곡은 뿌리가 깊다. 수천 년에 걸친 내력을 쌓은 데다 성인의 위상에 기대었으니 작은 타협이나 순간의 타이름으로 막아낼 일이 아니다. 한복, 김치, 고구려까지 모두 자신의 문화와 역사라 우기는 현대 중국인들의 도단은 단순히 떼를 쓰고 우기는 욕심이 아니다. 이슈가 있을 적마다 순간의 관심만을 두고 감정적으로 대립하여 해결될 문제가 아닌, 시간을 두고 우리의 역사를 스스로 탐구하여 힘을 키워내고 맞서야만 하는 길고 거대한 싸움의 연장이다.

양녕대군에게는 무슨 일이 있었던 것일까

소위 '왕자들의 난'으로 기록된 태종 이방원의 반란은 자신이 왕이 되기 위한 칼부림이었다. 당연히 자기에게로 넘어올 것으로 예상했었고 넘어와야만 한다 생각했던 왕위가 어린 이복동생에게 넘어가는 걸 지켜만 보고 있을 이방원이 아니었다. 이미 선죽교에서 정몽주를 때려죽일 때부터 왕위는 이방원의 머릿속을 떠난 적이 없었을 터였다.

세조가 된 수양대군의 계유정난은 이보다 더한 왕위 찬탈극이었다. 이미 왕이 된 조카를 왕위에서 끌어내리고 서인으로 폐한 후 죽음을 강요한 그의 행위 또한 권력의 정점에 서기 위한 본능의 패륜극이었다.

이처럼 모든 권력 중의 권력인 왕위는 인간의 본능을 자극하다 못해 도저히 제어할 수 없는 광기를 불러일으킨다. 그리하여 조선은 출발하자마자 3대 태종과 7대 세조가 추어댄 칼춤에 온 세상이 피바람에 휘말려 들끓었던 것이다. 그런데 그 두 칼춤 사이에 이번에는 이와는 정반대의 현상이 벌어진다.

양위.

태종의 장남 양녕대군이 품에 다 들어온 왕위를 본인이 스스로 걷어차는 도저히 이해할 수 없는 일이 일어나는 것이다. 누구들은 동생을 죽이고 조카를 죽이면서까지 가지려 했던 왕위, 그러나 그 왕위를 이미 세자가 되어있던 양녕은 전혀 알 수 없는 이유로 포기하고 만다.

나중에 세종이 되는 동생 충녕이 워낙 영민해 양위했다는 설이 크게 퍼져있으나 사실 이 양위는 정확히 말하자면 폐위이다. 왕이 되기 위해 혈육 간 피바람을 일으키는 찬탈극이 비정상적인 만큼 내게는 품 안에 들어온 왕위를 차버린 폐위 또한 정상으로 생각되지는 않는다. 역사는 그가 여색을 좋아해 쫓겨났다고 기록되어 있는데 과연 그게 진정한 이유일까.

나는 기록된 역사를 잘 믿지 않는 편이다. 특히 왕과 관련된 기록은 더욱 그렇다. 혹자는 실록만큼은 왕이 죽은 다음에 기록되기 때문에 정확하다 말하지만 만들어낸 애기에 불과하다. 명군 중의 명군인 세종조차도 자신의 아버지 태종의 기록을 고치고 또 고치지 않았던가.

양녕은 스무 살이 넘도록 조신하고 방정한 삶을 살았다. 지금껏 전해지는 남대문 현판에 남은 그의 글씨를 볼 때 삿된 기운은 전혀 느껴지지 않는다. 그러던 그가 어느 날 갑자기 무뢰배와 몰려다니며 몸을 함부로 굴리고 여색을 탐하는 매우 이상한 일이 일어난다.

여러 번 모른 척 눈감아 주던 아버지 태종이 어쩔 수 없는 상황이 되어 꾸짖자 양녕은 오히려 아버지에게 대들었다.

"그러는 아버지는 뭘 그리 잘하신 게 있단 말입니까?"

이런 반항은 무엇을 말함인가. 이 반항에 더해 양녕은 아예 아버지 마음에 들게 행동하지 않으리란 글을 올리는데 이 일은 나의 상상력을 최대한으로 끌어올리게 만든다. 갖은 미담이 남아있는 어린 시절, 그러나 이십이 넘은 후 표변한 그의 삶. 그를 폐위시키지 않으려 태종은 할 수 있는 모든 걸 다했지만 도저히 견딜 수 없도록 정반대로 치달았던 그의 삶.

도대체 무슨 일이 있었던 걸까.

이 지점에서 나는 아버지 이방원이 저질렀던 왕자의 난을 다시 한번 조명하고자 한다. 실록을 기록하는 사관들을 협박하고 자식들을 잡아 가두고 매를 때린 결과가 현재 남아있는 내용이다. 진실을 보기 위해서는 오히려 이런 가짜의 기록들을 다 배제하고 상식과 논리와 경험칙에 따라 사건을 들여다보아야 한다.

이방원이 죽인 왕자들이란 본인의 이복동생이기 이전에 이성계의 아들들, 그것도 매우 총애하는 아들들이다. 이방원이 이런 아들들을 죽이고는 이성계 앞에 나아가 "아버님, 제가 아버님의 아들들을 죽였습니다."라고 했을 리는 만무하다. 아마도, 아니 틀림없이 이방원은 그의 아들들을 죽이기 전에 먼저 어떻게든 이성계를 먼저 처리했을 것이었다.

천하의 이성계라 하더라도 병환 중에 기습을 당해서는 꼼짝할 도리가 없었을 터이니 이방원은 이성계를 먼저 잡아 가두든지 혹은 더욱 모질게 처리했을 것이었다. 어느 쪽일지 모르나 이런 조치가 충효를 근본으로 하는 유학에, 무엇보다 세자의 수업에 어긋나지 않았을 리는 없는 것이다.

이방원이 자신의 아버지 이성계를 어떻게 처리했는지 실록에 그대로 기록되었을 리는 만무하지만 나는 양녕이 아버지 이방원에게 뭘 잘했느냐고 대들고 아버지 마음에 들지 않는 방향으로만 나가겠다 선언한 데서 대략 그 내용이 무엇일지 짐작할 수 있을 것 같다.

인생의 가치로 배웠던 효를 정면으로 거역한 아버지에 대한 반감, 그것이 조신했던 그를 파락호로 만들었고 결국은 폐위로 이어졌지만 다행히도 그 결과는 세종이라는 명군의 탄생으로 귀결되었다.

역사의 이면을 생각해 보는 건 언제나 흥미로운 일이다.

광개토대왕비의 진실 (1)

　고구려는 700년이나 지속된 나라이지만 자체의 기록이라고는 종이 한 장 남아있는 게 없다. 유이한 기록이 충주에 있는 중원고구려비와 압록강 건너 집안(集安)에 있는 광개토대왕비인데 중원고구려비는 마모가 심해 내용을 알아보기 어렵다.

　다행히도 광개토대왕비는 그 오랜 세월의 풍파에도 불구하고 또렷이 비의 내용을 전하고 있다.

　광개토대왕의 아들 장수왕이 아버지의 업적을 기록한 이 비는 아주 오랜 세월 땅속에 묻혀있다 큰비가 와 비를 덮고 있던 토양이 대거 씻겨나가는 바람에 세상에 드러났다. 6미터가 넘는 이 비는 처음 드러났을 때부터 그 크고 웅장한 모습으로 북경의 금석학자들을 모조리 불러 모으다시피 했는데 학자들의 최대 관심은 과연 이 대단한 비가 중국 어느 시대 어느 황제의 것인가에 집중되었다.

　그러나 해독 결과 이 비는 고구려 광개토대왕비인 것이 확인되었고 온 세상은 고구려라는 나라에 사로잡히고 말았다. 중국의 서예가들이 한 번도 경험한 적이 없는 이 비의 독특한 서체 또한 온 세상의 관심거리였다. 훗날 광개토대왕비체라 불리게 된 정사각형 형태의 서체는 예서에 속하지만 그 형태가 기존의 것과는 전혀 달라 고구려 문화의 독창성을 상징한다.

　이 비의 내용은 광개토대왕이 어떠한 지역을 점령했는지에 대한 것과 비 옆의 광개토대왕릉을 지키기 위한 수묘인을 규정하는 것인데 여기에 백제와 신라와 왜가 나옴으로써 아연 국제적 조명을 받게 되었다. 특히 당시 만주 일대에서 활약하던 관동군 헌병 중위 사코 가케아키는 이 비의 탁본을 보고는 격정에 사로잡혀 바로 도쿄의 합동참모본부로 달려갔다.

　합참의 고위 장교들 또한 이 비의 탁본을 보고는 만세를 불렀는데 그 이유는 이 비의 한 구절 때문이었다.

倭以辛卯年來 渡海破百殘□□新羅

왜이신묘년래 도해파백잔□□신라

(왜가 신묘년에 바다를 건너와 백제와 □□와 신라를
깨뜨렸다.)

당시 조선에 눈독을 들이고 있던 일본군 합동참모본부
는 침략의 명분을 찾느라 고심하고 있었는데 그들에게
왜가 한반도에 건너와 백제와 □□와 신라를 깨뜨렸다는
광개토대왕비의 이 구절은 하늘이 준 선물이나 다름없었
다.

물론 백제와 신라를 깨뜨렸다는 내용도 제국주의 일본
에게는 자랑스러운 것이지만 이들이 환호작약한 이유는
따로 있었다. 바로 보이지 않는 □□이었다.

일본인들이 좋아하는 『일본서기』라는 역사서에는 임
나(任那)라는 이름이 나오는데 이것은 과거 일본이 지배
하던 나라라는 기록이 있다. 그러나 이 임나가 어디인지
는 달리 어떤 기록도 없던 중 광개토대왕비가 발견되었
고 합동참모본부는 비의 보이지 않는 두 글자 □□이 임
나라고 생각한 것이다. 아니 정확히 말하자면 생각했
기보다는 거기에 임나를 끼워 넣을 수 있다는 음모를 떠

올린 것이었다.

참모본부는 동경대학교 교수들을 비롯한 역사학자들을 불러 모아 이 □□이 임나라는 내용의 이론을 세울 것을 강요했고 교수들은 여기에 충실히 협조하여 임나는 한반도에 있었다는 내용의 임나일본부론이 태어난 것이었다.

일본의 모든 역사 교과서에 실리게 된 이 임나일본부론은 매우 위험한 역사 왜곡이었다. 참모본부가 이 이론을 통해 일본 사회에 심고자 했던 사상은 정한론(征韓論)이었다. '한반도는 과거 우리 일본이 다스리던 곳이었다. 그러니 이제 가서 되찾자' 하는.

이 정한론은 일본인들의 죄의식을 완전히 마비시켰다. 한국을 침략하는 것이 정당화될 뿐 아니라 한걸음 더 나아가 한국을 병합하는 게 너무도 당연하다는 의식을 모든 일본인의 머리에 심어주었고 이런 의식은 머잖아 실행으로 이어졌다.

일본인들이 아무 죄의식 없이, 혹은 애국심에 가득 차 한반도로 밀려들기 시작한 것이었다.

이처럼 역사 왜곡은 그릇된 의식을 심어 침략을 야기

하고 미화하기 때문에 사실은 전쟁이나 다름없는 위험한 행위이다. 전문가들이 지금 자행되고 있는 중국의 동북 공정을 그리도 경계하는 이유가 바로 여기에 있는 것이다.

광개토대왕비의 진실 (2)

　광개토대왕비의 안 보이는 두 글자를 임나라 주장하는 일본의 이론에 뜻있는 한국인들은 크게 분노했다. 도대체 어디서 듣도 보도 못한 임나란 걸 들고 와 제 맘대로 집어넣느냐며 분개했지만 일본의 해석이 문법상 딱 들어맞는 것도 같아 상당히 속을 끓였다.

　정확한 해석을 위해 문제가 되는 신묘년 기사의 전문을 보기로 하자.

　百殘新羅 舊是屬民 由來朝貢
　而倭以辛卯年來 渡海破百殘□□新羅 以爲臣民
　以六年丙申 王躬率水軍 討伐殘國

　이렇게 보면 한자와 거리가 먼 우리 세대는 머리가 지끈지끈 아파진다. 하지만 하나하나 뜯어보자.

百殘新羅 舊是屬民 由來朝貢

백잔신라 구시속민 유래조공

(백제와 신라는 예로부터 우리 고구려의 속민이라 조공을 바쳐왔다.)

而倭以辛卯年來 渡海破百殘□□新羅 以爲臣民

이왜이신묘년래 도해파백잔□□신라 이위신민

(그런데 왜가 신묘년에 바다를 건너와 백제와 □□와 신라를 깨뜨리고 신민으로 삼았다.)

以六年丙申 王躬率水軍 討伐殘國

이육년병신 왕궁솔수군 토벌잔국

(그래서 영락 6년 병신년에 광개토대왕이 몸소 수군을 거느리고 백제를 토벌했다.)

이것이 참모본부로부터 시작해 지금에 이르기까지의 일본 측 해석이다. 왜가 바다를 건너와 백제와 □□와 신라를 깨뜨리고 신민을 삼았다는 것이고 안 보이는 두 글자는 임나라는 것이다.

한자에 띄어쓰기가 없다 보니 몇 글자가 보이지 않는 이 구절의 명확한 해석이 어려웠던 참에, 위 내용처럼 띄어 읽은 일본의 해석에 한국 학자들은 뚜렷한 반발을 하지 못했다. 그러던 중 춘향전의 이도령 암행어사 출두와 같은 슈퍼 희소식이 전해졌다. 재일 사학자 이진희 씨가 일본이 비에 석회를 발라 글자를 조작했다고 발표한 것이다.

그는 광개토대왕비의 탁본을 여러 장 분석했는데 탁본마다 '도해파(渡海破)'의 세 글자가 다르다는 것이다. 이에 대한민국은 완전 폭발했다. 나는 그때 국민학생이었는데 일간 신문 1면에 이 내용이 대문짝만 하게 났던 걸 기억한다.

전전긍긍하던 한국 학계는 일거에 이 이론에 몰입되어 석회도말론은 마치 교주처럼 한국 사회를 지배했다.

이름 있는 모든 역사학자들이 석회를 발랐다는 내용의 논문을 앞다투어 내놨고 작가 최인호 선생은 조선일보에 이런 내용의 소설을 써 석회도말론은 일반인들에게도 널리 퍼졌다.

그러나 과연 그럴까. 일본이 만주에 있는 광개토대왕

비에 석회를 발라 글자를 조작한다는 게 가당키나 한 일일까. 세월이 지나면서 나의 의혹은 커져갔다.

광개토대왕비는 414년 장수왕에 의해 건립되었으나 오랫동안 땅에 묻혀있다 1880년 발견되었다. 이후 일본 학자들이 본격적으로 달려든 건 1911년에서 1913년 사이이다. 석회를 발라 비를 변조하였다면 이 시기인데 이미 비는 1880년 발견되었을 때부터 북경의 금석학자들 사이에서 탁본 한 장 얻는 게 소원이라는 말이 떠돌 정도로 최고의 인기를 끌고 있었고 수없이 많은 탁본이 제작되었다.

일본이 석회를 발라 글자를 변조했다면 그 변조 시점을 경계로 이전 탁본들과 변조 이후의 탁본은 현저히 달라야 할 것이지만 그런 차이는 전혀 보이지 않는다.

무엇보다도 1990년대에 이르러서야 비로소 지붕이 생긴 광개토대왕비에 1880년 발라진 석회가 아직 남아있다는 가정은 너무도 비과학적이다. 거기는 비가 매우 많이 오는 곳인 데다 석회는 물이 닿는 순간 바로 녹아버리기 때문이다.

과학적 시각에서 한국 역사학계가 그렇게나 오랜 세월

석회도말론에 빠져있었다는 사실은 안타깝기만 하다.

광개토대왕비의 진실 (3)

광개토대왕비의 진실은 신묘년 기사를 뒤에서부터 해석해 오면 의외로 쉽게 진실에 이를 수 있다. 한번 해보자. 기사의 마지막 구절은 광개토대왕이 직접 수군을 거느리고 가 백제를 토벌했다는 것이다. 왜 백제를 토벌한 것일까. 그것은 바로 백제가 무언가 마음에 안 드는 짓을 했기 때문이라 생각하는 게 상식이다.

백제가 신라를 침공해 신민을 삼았기 때문에 광개토대왕이 수군을 거느리고 백제를 토벌한 것이다. 따라서 왜가 백제를 침공해 신민을 삼았기 때문에 광개토대왕이 백제를 토벌했다는 일본의 해석은 잘못되었다는 것이 명백하다.

而倭以辛卯年來 渡海破百殘□□新羅 以爲臣民
이왜이신묘년래 도해파백잔□□신라 이위신민

(그런데 왜가 신묘년에 바다를 건너와 백제와 □□와 신라를 깨뜨리고 신민으로 삼았다.)

이렇게 해석되어서는 안 된다는 뜻이다.

渡海破 百殘□□新羅 以爲臣民
도해파 백잔□□신라 이위신민
(백제가 □□ 신라를 침공하여 신민을 삼았으므로)

이렇게 띄어 읽어야 그 뒤의 왕이 몸소 수군을 거느리고 가 백제를 토벌했다는 문장과 전후 관계가 일치한다. 하지만 □□이 무엇인지는 여전히 의문으로 남는다. 백제가 주어일 때는 일본의 주장대로 여기에 임나라는 지역 이름을 넣는 것이 불가능해진다.

이 사라져 버린 두 글자를 특정하기는 대단히 어렵지만 대략 어떤 내용이 들어가면 뜻이 상통할지는 유추해 볼 수 있다. 침략, 침공, 원정, 정벌, 공격 등의 내용이 들어갈 것으로 보이는데 유추일 뿐이지 확정할 근거는 없다.

무엇보다도 □□이 임나가 아님을 증명하는 가장 좋은 방법은 □□ 중 한 자라도 우리 눈앞에 드러나는 것이다. 처음부터 말도 안 되는 억지를 부렸던 일본이기에 99%가 아닌 100%의 증명이 필요하다. 하지만 너무나 오랜 세월을 석회도말론이라는 함정에 빠져있었던 한국 역사학계에서는 이 신묘년 기사의 불일치에 대해서조차 깨닫지 못했던 터라 이미 오래전에 사라져 버린 이 □□이 무엇일지에 대한 추측을 제대로 한번 할 생각을 하지 못했다.

한국은 일본을 상대로 100년 이상의 세월을 두고 이 임나일본부론의 허위를 주장하였으나 석회도말론에 발목이 잡혀 있다 보니 어떠한 성과도 올릴 수 없었고 따라서 한국과의 논쟁에 있어 일본 학계는 너무도 행복한 세월을 보냈다. 탁본의 글자가 다르다는 주장 자체가 틀린 데다, 석회를 발라 글자를 변조했다는 이론은 너무도 비과학적이며 비를 한 번 구경한 적도 없는 아마추어의 상상에 근거했던지라 일본의 학생들은 누구나 교과서를 통해 이 임나일본부론을 배우며 성장했다.

한반도는 과거 일본 땅이었으니 가서 찾자는 주장은 또다시 미래의 침략을 준비하는 이론의 근거가 되고 있는 셈이었다. 특히 독도를 일본 영토라 주장하는 일본의 역사 교육이 점차 심화되는 터에 이 임나일본부론을 완전히 종식시키지 않는다면 두 개의 역사 왜곡은 상승 작용을 일으켜 대한민국의 미래에 검은 먹구름이 될 것이었다.

그런데 생각지도 못했던 기상천외한 사실이 나를 기다리고 있었다.

광개토대왕비의 진실 (4)

광개토대왕비가 처음 발견되었을 1880년 무렵 부근에서 농사를 짓던 초천부(初天富), 초붕도(初鵬度) 부자는 북경에서 금석학자들이 몰려오자 만면에 희색을 지었다. 그들은 비를 열심히 구경하고 돌아갈 때는 반드시 탁본을 가져가려 했기 때문이다.

그러나 높이가 6미터를 넘는 데다 표면이 온통 이끼로 덮여 있는 광개토대왕비를 학자들이 탁본한다는 것은 너무도 어려운 일이었다.

하여 학자들은 이들 부자에게 의존하지 않을 수 없었다. 처음에는 일주일이든 한 달이든 학자들을 기다리게 하고 탁본을 제작하던 이들 부자는 나중에는 아예 탁본을 해두었다 금석학자들에게 팔기 시작했다.

그런데 이들을 줄곧 괴롭히는 문제가 하나 있었다. 비의 표면이 워낙 거칠기도 했지만 너무나 오랜 세월 땅속에 묻혀 있다 보니 습한 데다 이끼로 덮인 부분이 많아 작업이 무척 힘들었던 것이다.

고심하던 이들 부자는 방법을 생각해 냈는데 그것은 소똥과 말똥을 비의 표면에 바르고 비에 불을 붙이는 것이었다. 과연 이 방법은 주효하여 비의 습기와 이끼는 완전히 제거되었다. 그런데 이 과정에서 비의 몇몇 글자가 소실되고 말았다. 처음 세상에 드러났을 때부터 비에는 안 보이는 글자가 다수 있었는데 이들 부자가 비를 태우는 과정에서 추가로 글자가 소실되어 버린 것이다.

더 심각한 것은 이 비에서 가장 중요한 신묘년 기사, 그것도 핵심 중 핵심인 □□의 한 글자가 이때 소실되어 버렸다는 사실이다. 그런데 천만다행으로 초붕도는 비를 불태우기 전 당시 보이던 글자를 하나도 빠뜨리지 않고 종이에 옮겨 적어 두었다. 즉 비의 저본이 존재하는 것이었다. 초붕도는 죽기 직전 이 저본을 조카딸에게 맡겼고 그녀의 다락방에서 40년이나 잠자고 있던 이 저본을 광개토대왕비의 권위자 왕 찌엔 친이 발견한 것이었다.

결론부터 얘기하면 □□의 첫 글자는 동(東)이었다. 나
는 이 동이란 글자를 마주하는 순간 하늘로 뛰어오를 것
만 같았다. 동이 들어가면 문장은 더욱 자연스러워진다.

百殘東□新羅 以爲臣民 以六年丙申 王躬率水軍 討伐
殘國
(백제가 동쪽으로 신라를 □ 하여 신민을 삼았기에 왕
은 친히 수군을 거느리고 가 백제를 토벌했다.)

본래 □□이 원정이나 정벌, 또는 공격이나 침공 등의
단어일 것으로 예상하였던 것인데 '東'은 이런 단어들과
계보를 같이한다. 즉 동(東)이 들어감으로 인해 나머지
한 자는 침략할 침(侵)이나 칠 정(征)이나 칠 벌(伐), 엄
습할 습(襲)과 같은 단어일 것이 더욱 확실해진다.

百殘東(侵)新羅 以爲臣民 以六年丙申 王躬率水軍 討
伐殘國
(백제가 동쪽으로 신라를 침공하여 신민을 삼았기에

왕은 영락 6년 병신년에 친히 수군을 거느리고 가 백제
를 토벌했다.)

이 세상에 가장 이상한 사람이 있다면 바로 초붕도의
조카딸 집 다락방에서 광개토대왕비의 저본을 찾아낸 왕
찌엔 천일 것이다. 그는 중국에서 광개토대왕비 연구의
일인자로 통하는 사람으로 그의 권위는 절대적이다. 그
는 자신이 찾아낸 이 '東'자를 공개하면 광개토대왕비 신
묘년 기사를 둘러싼 한국과 일본의 백 년 전쟁을 완전히
종식시키고 임나일본부론의 허위를 만천하에 드러낼 수
있음을 가장 잘 아는 사람이다.

하지만 그는 그렇게 하지 않았다.
왜 그랬던 것일까.

나는 두 가지로 생각해 본 적이 있다. 하나는 이 '東'이
그간 오랜 세월을 두고 쌓아 올렸던 자신의 연구 업적을
완전히 무산시킬 가능성이 있을 경우이다. 그의 신묘년
기사 해석이 이 '東'과는 동떨어져 있는 게 사실이고 보면
이 가능성을 완전히 배제하기 어렵다.

또 하나는 짐작은 해보지만 공개적으로 얘기할 것은 아니라 생략하고 싶다. 여하튼 매우 이상한 일이 아닐 수 없다. 그런데 더욱 이상하게도 그는 자신의 저서 『호태왕 비연구』에서 자신이 초붕도 조카딸의 다락방에서 저본을 찾아냈음을 분명히 밝히고 있는 데다 그 책의 인덱스에 이 저본의 마이크로필름을 공개하고 있는 것이다.

나는 한중 수교가 맺어지자마자 중국으로 날아가 압록 강 변 집안의 광개토대왕비를 오랜 시간 관찰하고 왕 찌엔 췬을 만나려 하였으나 성사시키지 못하고 돌아왔다.

광개토대왕비의 진실 (5)

나는 일본에서 광개토대왕비 연구의 일인자로 인정받는 동경대학교 동양사 실장을 찾아갔다. 이 실장이란 직함은 한국의 학장에 해당된다. 사전에 약속을 하고 갔던 터라 그는 나를 보자마자 자신만만한 손길로 광개토대왕비 탁본을 예닐곱 장이나 바닥에 펼쳤다.

당시 서울대학교에 겨우 한 장 있었던 탁본을 교수 한 사람이 그렇게나 많이 갖고 있다는 사실에 놀랐던 기억이 난다. 여하튼 그는 희미한 조소를 머금은 표정으로 일본은 비를 조작한 사실이 없다고 딱 잘라 얘기하는 것이었다. 그러한 그의 표정은 곧 벌어질 격론에 대비하고 있다는 듯 다소 전투적이었다.

"물론이지요. 일본은 결코 비를 조작하지 않았어요."
나의 순순한 호응에 그는 상당히 놀라는 표정이었다.

그도 그럴 것이 광개토대왕비 논란에서 한국은 일관되게 석회도말론을 주장했고 이 오류는 일본을 너무도 편하게 해준 것이었다. 일본은 해석을 비틀었던 것이지 비를 조작한 것이 아니므로 비유하자면 도둑질을 한 자에게 찾아와 불륜을 저질렀다고 떼를 쓰는 것과 같은 일이었다.

나는 인덱스에 수록된 저본의 마이크로필름을 내밀었다.

"안 보이는 두 글자 중 하나는 바로 히가시(東)였습니다. 왕 찌엔 췬은 저본을 찾아 이 글자를 확인하고도 세상에 발표하지 않았던 것입니다. 당신은 일본을 대표하는 광개토대왕비 연구자입니다. 학자란 무엇입니까? 학문적 진실에 목숨을 거는 존재 아닙니까? 일본을 대표하는 학자의 양심을 걸고 얘기하십시오. 여기에 임나가 들어가는 게 맞는 겁니까?"

이미 그는 나의 말에는 아무 관심도 없었다. 자신의 앞에 들이밀어진 저본. 그리고 동(東). 거기에 완전 몰입이 되어 마치 야수와도 같은 안광을 쏟아내고 있었다. 그는 갖가지 저서를 꺼내 마이크로필름의 여타 글자 1,775자와 하나하나 비교를 하고 또 '東'이 조작되었을 여러 가능성에 대해 깊은 사색을 이어갔다.

그러나 조작의 가능성은 0.01%도 없었다. 초봉도가 수십 년 후 일어날 논쟁을 어떻게 알고 거기에 '東'을 써넣었을 것이며 그 귀중한 저본에 왕 찌엔 췬은 또 어떤 이유로 '東'을 써넣을 것인가. 또한 기술적으로도 어떻게 고색창연한 과거의 저본에 현대적 필기 수단으로 '東'을 써넣을 것이며 어떠한 의도를 가지고 있었다면 왜 발표를 하지 않은 것인가.

"아!"

떨리는 손길로 연신 담배를 바꿔 물던 그가 발생할 수 있는 모든 가능성을 다 확인하고 나서는 자신도 모르게 탄성을 냈다.

나는 같이 간 방송국의 젊은 피디가 그를 가혹하게 밀어붙이는 걸 제지하고 그에게 시간을 주었다.

그 결과는 놀라운 것이었다. 동경대학교 동양사 실장은 카메라 앞에서 분명하고 또렷한 어조로 말을 꺼냈다.

"사실 여기에 임나가 들어가는 것은 맞지 않습니다. 제국주의 시절의 아픔이라 말하고 싶습니다. 저도 고등학교 교과서를 저술하고 있는데 내년부터 제 교과서에서 임나일본부설을 빼겠습니다."

생각지도 않았던 놀라운 반응이었고 기대하지 않았던 큰 소득이었다. 동경대학교 동양사 실장이자 광개토대왕비 연구의 일인자가 임나일본부라는 역사 왜곡의 바벨탑이 만들어진 이후 백여 년 만에 처음으로 그 탑을 허무는 순간이었다. 카메라는 잔인할 정도로 그의 표정을 줌인해 들어갔지만 그는 개의치 않았다. 그 오랜 질곡을 거친 끝에 학자의 양심이 제자리를 찾아 들어가고 있는 것이었다.

숙연한 시간이 한참 흐르고 난 후 나는 그에게 손을 내밀었고 그는 내 손을 잡았다. 뜨거운 악수였다.

그날 이후 임나일본부의 역사 왜곡이 수록된 일본의 역사 교과서들이 하나씩 사라지기 시작했고 몇 년 전 뉴스는 일본의 모든 교과서에서 임나일본부가 사라졌다는 사실을 보도했다.

가장 중요한 한 글자를 사라지게 만들었던 초붕도의 광개토대왕비 이끼 제거 사건, 그러나 그가 남긴 저본은 천만다행으로 살아남아 그의 업을 보상해 주었다.

역사의 공과란 꼬리를 맞물고 돌아가는가 보다.

김재규는 왜 남산을 버리고
육본으로 갔나 (1)

1979년 10월 26일.

중앙정보부장 김재규는 궁정동 안가에서 대통령 박정희를 쏘아 죽이고 정승화 육군참모총장을 태운 채 현장을 벗어난다. 이상한 일은 이후의 행보다. 자신의 본거지인 남산 중앙정보부가 코앞에 있음에도 굳이 자동차를 용산의 육군본부로 향했던 그는 거기서 즉시 체포된다.

이후 심문에서 김재규는 자신의 행위가 오랜 계획 끝에 이루어진 혁명이라 주장하지만 누구도 그것을 믿지 않는다. 바로 육군본부행, 이 도무지 이해할 수 없는 멍청한 행보 때문에 이 사건은 수사와 재판, 역사적 평가에서 모두 정신을 놓은 채 저질러진 우발적인 행위로 단정된 것이다.

그러나 당일의 행적을 조금만 따라가 보면 그의 행위

는 우발적이 아닌 계획적인 것임을 알 수 있다. 그날 오후 대통령은 삽교천방조제 공사 준공식에 참석한 후 헬리콥터를 타고 날아올랐고 그 안에서 경호실장 차지철은 김재규에게 전화를 건다.

"부장, 오늘 각하 기분이 아주 좋아요."

"그래요? 각하 기분이 좋으시면 나도 좋소."

"저녁에 한잔합시다."

"그럼 준비해 두겠소."

김재규는 바로 박선호 의전과장에게 전화를 걸어 저녁 모임이 있음을 알린다. 통상의 저녁 모임이란 대통령과 대통령 비서실장, 경호실장, 그리고 중앙정보부장이 궁정동에 있는 중앙정보부 안가에서 저녁 겸 술을 마시는 자리로, 이때 한두 명의 여자가 동석해 여흥을 이끌거나 대통령의 시중을 든다.

김재규의 전화를 받은 박선호는 즉각 가수 심수봉과 여대생 신재순에게 연락을 하는 등 연회를 준비하고 김재규는 곧장 정승화 육군참모총장에게 전화를 건다.

"총장, 오늘 저녁이나 같이 합시다."

정승화는 선약이 있었지만 상대가 중정부장인지라 별

말 없이 응한다.

"오늘 저녁 여섯 시, 궁정동 안가 식당으로 와요."

전화를 끊은 김재규는 이번에는 자신의 수하인 김정섭 중앙정보부 2차장보에게 전화를 한다.

"차장보, 내가 오래전부터 육군총장과 저녁 약속이 되어 있었는데 각하가 오늘 한잔하자 하시네. 그러니 차장보가 안가 식당에서 총장과 저녁을 먹고 있어요. 내가 빨리 끝내고 갈 테니."

도무지 석연치 않은 일의 반복이다. 모로 보아도 무언가를 획책하는 것이다. 여기까지만 봐도 김재규의 대통령 살해가 합수부 발표처럼 우발적이 아닌 계획적 행위임을 누구나 알 수 있다. 그러니 합수부 발표를 곧이곧대로 믿어서는 절대로 10·26의 진실에 다가설 수 없는 것이다.

김재규의 혁명 주장이 맞는지 안 맞는지를 검증하는데 가장 도움이 되는 사람은 그의 가장 가까운 심복인 김학호다. 당시 현역 육군 소장으로 중앙정보부 감찰실장이었던 김학호는 김재규가 보안사령관 시절 보안사 참모장을 하던 인물로 김재규가 중정부장으로 가면서 특별히 진급을 시켜 데려간 심복 중의 심복이다.

"부장과 나는 예행연습을 백 번도 넘게 했소. 밤사이 백서른 명만 연행하면 대한민국은 완전 마비되거든. 신호는 '김학호 시작해!'였지."

그가 얘기하는 예행연습이란 혁명, 혹은 쿠데타를 말함이다. 김재규와 김학호는 요원들을 풀어 평소 점찍어 놓은 요인 130명을 연행하는 연습을 했다는 것이다. 그런데 김재규는 김학호에게 일언반구도 없이 거사를 치렀고 남산을 버린 채 육군본부로 가버렸다.

"그건 우발적이야. 우리가 그렇게나 예행연습을 했는데 내게 한마디 귀띔도 안 했다는 게 말이 돼!"

하지만 앞에서 살폈듯이 김재규는 확실히 거사를 준비하고 있었다. 이 간극은 어떻게 이해해야 할까. 김재규가 김학호와 같이 그토록 오랫동안 준비했던 시나리오를 버린 사실이나 본거지인 남산을 지나쳐 용산의 육본으로 간 사실이나 모두 미스터리이다.

거사를 함께 준비한 김학호를 놔두고 정승화를, 그것도 갑자기 불러다 놓은 그를 데리고 함께 육본으로 간 사실을 어떻게 이해해야 할까. 혹 정승화가 거사 직전에 함께 뜻을 도모하겠다 약속했고 천진난만한 김재규가 그를 철석같이 믿었다는 동화 같은 이야기일까. 이해할 수 없는 일이다. 백 번 넘게 연습했다는 심복을 버려두고, 자신의 소왕국이나 다름없는 남산을 그냥 지나쳐서 아무것도 보장되지 않은 육본으로 향했다 체포당한 일은 이성적으로 생각하면 도저히 이해할 수 없는 일이다.

이 미스터리의 실마리는 내게 걸려 온 한 통화의 전화에 의해 풀리기 시작했다.

"김진명 선생님, 박정희 대통령은 미국이 죽였습니다."

첫 소설 『무궁화꽃이 피었습니다』가 공전절후의 히트를 치자 소설의 소재감이 있다며 전화를 걸어오는 사람이 많았다. 하지만 나는 만나거나 전화로 얘기를 듣거나 메일을 받는 걸 일관되게 거부해 왔는데 너무도 단정한 목소리의 이 전화만은 나의 뇌리에 전율을 일으켰다.

"누구시죠?"

"캐나다에서 온 오세희입니다. 녹음테이프를 가지고 조선호텔에 머무르고 있는데 비즈니스 룸에서 뵐 수 있겠습니까?"

오세희는 본래 치안국 정보분실에서 근무하던 경찰 간부였는데 자신이 괴롭히던 정일권이 국무총리가 되는 날 바로 공항으로 나가 캐나다로 도주한 후 오랜 세월을 에드먼턴이란 도시에서 살아왔다. 그가 갖고 있는 녹음테이프란 자신과 쟌 천이라는 미국 이름을 가진 전진한과의 통화 내용을 틈틈이 녹음한 것이었다.

"쟌 천 중령. 10·26 당시 주한미군 정보공작 책임자로 있던 사람입니다. 그는 10월 28일 전역원을 냈고 일주일 후 미국으로 돌아갔습니다."

미군 정보공작 책임자가 10·26 이틀 후 전역원을 냈다는 사실은 나의 흥미를 극도로 자극했다. 전진한과 오세희는 한국에서 형 동생 하는 사이였는데 세월이 흘러 오세희는 캐나다에, 전진한은 캘리포니아에 살게 되었던 것이다. 오세희는 전진한이 취했을 때를 노려 종종 전화를 걸었고 대화 사이사이 집요하게 10·26의 전말에 대해 물었다. 그러던 어느 날 결국 전진한의 입에서 박정희는 미국이 죽였다는 말이 튀어나온 것이었다. 나는 전진한을 만나기로 마음먹은 다음 오세희와 치밀하게 계획을 짰다.

김재규는 왜 남산을 버리고
육본으로 갔나 (2)

전진한은 한국에서 서울대학교 영문과를 다니던 중 미국 CIA에 포섭되어 미국의 조지타운대학교에 유학을 했다. 공부가 끝난 그는 1959년 미국 육군 대위 계급장을 달고 동경의 태평양 사령부에 배속된다. 그로부터 이 년 후 한국에서 군부 쿠데타가 발생하자 그는 CIA의 지시를 받고 한국으로 날아가 박정희 소장을 일대일로 면담하게 된다.

미국 육군 대위가 한국 육군 소장을 신문하는 상상하기 힘든 일이 벌어진 것이다. 그러나 그는 단순히 미군 계급장을 단 장교가 아닌 CIA와 깊이 연계되어 있는 인물이었다.

이 면담에서 박정희 소장은 눈물을 흘리며 자신이 결코 공산주의자가 아니란 사실과 자신의 거사는 너무나 암담한 조국의 현실을 타파하기 위한 순수한 애국심의

발로란 점을 호소하여 전진한을 설득하는 데 성공한다.

전진한은 박정희의 5·16에 관한 최초 보고서를 작성해 CIA 본부로 타전하였는데 이 보고서는 미국이 박정희의 군사 쿠데타를 인정하는 데 결정적으로 기여한다. 이 보고서 이후 전진한은 한국으로 근무지를 옮기고 주한미군에 배속되어 한국의 조야에 엄청난 영향력을 행사하게 된다.

박정희는 자신의 쿠데타에 정점을 찍어준 전진한을 깍듯이 대접했고 아무 때건 청와대를 드나들던 전진한은 마음속으로 박근혜를 사모하게 된다. 하지만 박정희를 지켜보는 전진한의 속은 편하지 않았다. 그는 유신 이후 민주인사를 가혹하게 탄압했고 다른 한편으로는 자주국방을 위해 핵무기 개발을 시작했는데 이것은 미국의 정책을 정면으로 거스르는 것이었다.

당시의 미국 대통령 카터는 도덕 정치를 꿈꾸었지만 한국을 방문했을 때 청와대에서 박정희로부터 긴 훈계를 듣고 나서는 모멸감에 치를 떨었다. 박정희는 그의 주한미군 철수 정책을 철없는 정책이라 강력히 비난했고 미군 철수는 필연적으로 핵무기 개발을 초래할 것임을 암시했다.

  카터가 청와대에서 박정희로부터 면박을 당하는 일이
발생한 후 CIA 국장 터너는 김재규 중정부장을 미국으로
초청한다. 김재규가 미국으로 떠나기 전 박정희는 청와
대에서 금일봉을 주며 미국에 가면 터너 국장에게 주한
미군 철수를 막아 달라 부탁하도록 지시한다.

  터너는 김재규를 요트에 태워 최고의 대접을 하는데
이때 김재규가 주한미군 철수를 막아 달라 하자 선선히
고개를 끄덕인다. 이후 워싱턴 포스트는 「남북군사력 비
교」라는 특종을 터뜨리는데 이것은 물론 CIA로부터 전달
받은 자료였다. 이 보도는 워싱턴을 뜨겁게 달구었고 미
국 내에 남한의 적화를 부를 게 뻔한 카터의 미군 철수에
대거 반대하는 여론이 형성되었다.

 "김 부장, 당신 다른 건 다 좋은데 영어를 너무 못해."
  터너는 김재규가 미국을 떠날 때 무척 아쉬워하며 영
어와 한국말을 유창하게 하는 영어 가정교사를 보내줄
것을 약속하였다. 그리고 얼마 후 실제로 스티브라는 이
름의 육군 중위를 보내온다. 물론 이 사람은 미국과 김재

규 사이 소통을 담당하는 CIA 요원이었고 이후 김재규는 모든 중요한 일을 미국과 의논하게 된다.

전진한은 주한미군 고문관 하우스먼 준장과 허물없이 지냈는데 이 하우스먼은 한국에서만 수십 년 근무하며 미국의 모든 일을 거중 조정하던 사람이었다. 전진한과 하우스먼 사이에는 매우 특별한 약속이 있었다. 만약 마지막 순간이 닥치면 하우스먼은 지체 없이 전진한에게 알려주고 전진한은 청와대로 뛰어 들어가 박정희를 죽기 살기로 설득한다는 내용이었다.

마지막 순간이란 박정희 제거 작업을 말함이었고 설득이란 핵 포기의 설득을 말함이었다. 그러나 10월 25일 하우스먼은 전진한에게 우정 어린 충고를 건넨다.

"쟌, 당신 감기기가 있어 보이는데 미 8군 병원에 가서 감기 몸살 예방 주사 한 대 맞는 게 좋겠어. 나도 맞았는데 몸이 아주 거뜬해. 부마사태 등 요즘 중요한 때니 컨디션을 잘 유지해야지."

하우스먼의 조언을 좇아 그날 오후 미 8군 병원에 가 주사를 맞은 전진한이 깨어난 건 이틀이 지난 10월 27일이었다. 그는 바로 전날 밤 박정희가 사망한 걸 알게 되자 하우스먼의 사무실로 뛰어갔다.

"하우스먼, 이 개새끼!"

전진한은 하우스먼의 사무실을 다 뒤집어 놓으며 분노를 터뜨렸지만 하우스먼은 미안하단 말을 연발할 뿐이었고 전진한은 그길로 전역원을 내고는 며칠 후 바로 한국을 떠났다.

이런 얘기를 전진한의 입에서 직접 듣기까지는 긴 시간과 집요한 노력이 필요했다. 오세희는 전진한과 미국에서 만나기로 약속을 한 후 내게 알려왔기에 우리 셋은 LA의 어느 식당에서 만났다. 오세희는 캐나다에서, 나는 한국에서 각각 출발해 그 식당에 도착했는데 전진한과 오세희가 서로 부둥켜안고 우는 장면은 매우 인상적이었다.

경찰 정보 요원이던 오세희의 든든한 뒷배였던 전진한은 오세희가 도망치듯 캐나다로 출국한 후 십수 년 만에 처음으로 재회한 것이라 했다. 쌀 수입업자로 위장해 참석한 나는 그와 안면을 익혔고 이후 그와 친해지려 자주 미국을 드나들었는데 정작 전진한이 내게 10·26의 배경을 털어놓은 건 내가 '김진명'임을 알고 난 이후였다.

다시 이 글의 주제인 '김재규는 왜 남산을 버리고 육본으로 갔나'로 돌아가 보자.

터너 국장이 보낸 영어 가정교사 스티브는 김재규와 CIA 본부 사이의 가교 역할을 충실히 하였고 어느 순간부터 그는 김재규의 전 재산을 시티 은행을 통해 달러로 바꾸어 주었다. 이것은 일이 잘못될 경우 자신의 가족을 위한 김재규의 준비였으며 실제로 김재규의 가족은 미국으로 갔다.

박정희 암살 직전 하우스먼이 전진한에게 알려주기로 했던 그 약속이 지켜지지 않았듯이 김재규와 같이 그토록 쿠데타 예행연습을 한 김학호 또한 거사 전후해 김재규로부터 한마디도 듣지 못하였다. 김재규는 어느 순간부터 김학호보다도 스티브를, 그 뒤에 있는 미국을 믿었던 것이다.

"부장님, 남산보다 용산이 훨씬 낫습니다. 미 8군이 바로 거기 있잖습니까?"

거사 직전 김재규의 귀에 이렇게 속삭인 스티브는 막상 사건이 터진 날 밤 오산에서 일본으로 떠나는 미군 군용기에 몸을 실었으며 김재규는 전두환에 의해 체포되었다.

"우리는 육사 11기를 스타디 했어."

전진한은 내게 이렇게 말했다. CIA는 결코 김재규를 박정희 이후 나라를 끌고 갈 재목으로 보지 않았으며 김재규의 역할은 거기까지라는 뜻이리라.

이후 잇달아 대통령이 된 전두환과 노태우는 미국에서 교육받은 육사 11기이다.

최근 비밀 해제된 미국 외교 문서를 보면 그들이 계엄 치하에서 정승화 계엄 사령관을 체포했을 때, 광주 민주화 운동을 진압했을 때, 전두환 방미를 성사시켰을 때 일관되게 블루스터 주한 CIA 지국장을 비롯해 글라이스틴 대사, 위컴 사령관 등의 비호와 지지를 받은 것을 알 수 있다.

김재규는 왜 남산을 버리고
육본으로 갔나 (3)

체포된 김재규는 보안사령부의 서빙고 분실로 연행되어 신문을 받았다. 이때 그는 미국이 배후에 있다는 주장을 하다 신문을 중지당한 채 말로 할 수 없는 무시무시한 고문을 받았다. 이후 그의 입에서는 미국이라는 단어는 완전히 자취를 감추고 말았다.

나는 오랜 시간에 걸쳐 전진한으로부터 위와 같은 얘기를 조금씩 얻어냈다. 그러나 그의 말이 진실인지 아닌지를 확인할 수 있는 길은 어디에도 없다. 미국 정부의 모든 문서가 기밀 해제 된다 하더라도 이런 내용을 담은 문서는 존재할 리가 없다.

주한미군 정보 공작 책임자였던 그가 10·26 이튿날 주한미군에 비상이 걸린 상태에서 전역했다는 사실이나 박정희의 핵 개발과 관련한 선우연 등의 증언이 간접 증거이긴 하지만 그렇다고 해서 박정희의 죽음에 대한 직접

적인 설명이 되는 건 아니다.

그러나 미국 정부의 행정 명령이라면 이야기가 다르다.

— 미국 정부의 어떤 공무원도 다른 나라 지도자의 암살에 관여해서는 안 된다.

(특별명령 11905)

소련 및 중공과의 체제 대결에서 도덕성을 전가의 보도로 삼던 미국으로서는 참으로 부끄러운 내용이지만 1976년 단호히 이런 선언을 한다. 그런데 이 기괴하기 짝이 없는 행정 명령은 오 년 후 로널드 레이건 대통령에 의해 글자 한 자 고쳐지지 않은 채 다시 선포된다.

왜 그럴까. 왜 이런 부끄러운 명령이 반복되어야만 했을까. 형식 논리적으로는 그리 어렵지 않게 결론에 이를 수 있다. 논리는 1976년과 1981년 사이에 외국의 원수가 암살된 일이 있고 그 암살에 미국의 공무원이 관여한 일이 있기 때문이라는 사실을 가리킨다.

그리고 그 기간에 암살된 외국 정부의 지도자는 단 한 사람, 한국의 박정희 대통령이 있을 뿐이다.

시간의 흐름 속에서

현재만 좇는 것은 자아를 상실하는 길일지 모른다. 나는 우리 젊은이들이 과거를 중하게 생각하는 사람이 되기를 바라는 것이다. 당장의 이익이 아닌 옛 공간과 언약에 진지해지기를.

덕수궁 돌담길

서울 도심에서 마음이 외로울 때 가장 걷고 싶은 길이 덕수궁 돌담길이다.

덕수궁 돌담길 하면 원래 시청 맞은편 큰 도로를 따라 난 길을 말하는 것이었지만 요즘은 시청 앞이 번잡해지면서 옛날 맛이 덜하다. 그러나 덕수궁 뒷담으로 이어진 길, 지하철역 1번 출구나 2번 출구를 나와 대한문 앞을 지나 덕수궁 뒤편으로 들어 러시아 공사관까지 이르는 덕수궁길은 여전히 옛날 그대로의 정취가 남아있다.

서울 도심에서 계절의 변화를 가장 섬세하게 느낄 수 있고, 특히 노란색 은행잎이 하염없이 떨어지는 가을의 정취를 느끼기에 가장 좋은 길이다. 오죽하면 서울시에서 붙인 정식의 도로명이 가을단풍길일까.

작고 예쁜 조약돌들이 아기자기하게 붙들고 앉은 바닥 위로 한 걸음 한 걸음 옮길 때마다 퐁당퐁당 나는 소리는 걷는 게 바로 기쁨이 되게 한다.

　내가 대학 다니던 시절에는 연인들이 덕수궁 돌담길을 걸으면 반드시 헤어진다는 징크스가 있었다. 어째서 그런 말이 생겨났는지 알지도 못한 채 젊은 커플 중에는 명동이나 광화문에서 데이트를 하다 걸음이 덕수궁을 향하면 마치 귀신이라도 만난 듯 황급히 걸음을 돌리는 이들도 있었다.

　나는 그런 유의 징크스를 믿지 않는 데다 오히려 우리의 강한 사랑으로 그걸 깨뜨려 보겠다는 오기로 일부러 그 길을 걷기도 했다.

　어떻게 됐냐고? 물론 그때 함께 걸었던 그 여자 친구는 지금 나의 아내가 되어있다.

　그런데 덕수궁 돌담길의 기억 중 가장 강렬했던 건 이별이니 재회니 하는 로맨스 계열이 아니라 뜻밖에도 독재 시대의 한 초상이다. 당시는 경찰이 툭하면 공포 분위기를 조성하곤 했는데 이들이 전매특허로 쓰던 기술이 검문검색이었다.

　"신분증 보여주시오!"라며 가방이든 핸드백이든 마구

열어보던 시대라 사람들은 경찰을 보면 떨었고 경찰은 이런 사람들을 보면 더욱 위압을 가했다.

"뭐요?"

그런데 예외 없이 초조한 표정으로 신분증을 꺼내던 보통의 시민들과 달리 삼엄한 표정으로 경찰을 향해 거칠게 내뱉던 노타이 차림의 남자가 있었다. 경찰이 갑자기 공손한 표정으로 경례를 부치며 "검문검색이 있습니다." 하고 목소리조차 죽여 가며 말하자 "프레스!" 하고 지나쳐 버리던 그는 근처 신아일보의 기자였다.

펜은 칼보다 강하다.

이 광경은 내게 그 이상 강렬할 수 없는 기억을 남겼고 어쩌면 나를 글 쓰는 직업으로 이끌었을지 모르겠다.

2014년 『싸드』를 쓸 때 나는 이 길을 자주 걸었고, 『미중 전쟁』의 결말에서는 남녀 주인공들로 하여금 광화문을 지나 이 길을 걷게 했다. 물론 결별이 아니라 둘의 소망이 이루어지는 플롯의 결말로.

나는 지금도 계절이 바뀌는 무렵이면 일부러 시간을 내서 덕수궁 돌담길을 걸으려 한다. 성공회 건물들, 정동

교회, 이화여고… 작은 것이든 희미한 것이든 여기에는 과거가 있기 때문이다.

　나는 현재보다 과거가 재미있다.

　오늘을 살아가야 하는 숙제를 무사히 마치면 상으로 받는 이야기 한 토막이 바로 과거니까. 가끔 꺼내어 읽는 과거야말로 그 어느 소설보다 재미있는 이야기니까. 남은 삶을 충실히 다 살아가거든 얼마나 풍성한 이야기가 남을지, 가끔 그런 기대를 할 때엔 한 페이지의 삽화에 덕수궁 돌담길을 넣어본다.

제천을 아시나요

처가 박사 학위를 받았을 때 나는 그녀가 서울이 아닌 지방으로 내려가는 것을 탐탁지 않게 생각했다. 다행히 처는 나의 뜻을 존중하여 모교에 자리가 날 때까지 일체 다른 대학에 눈길을 돌리지 않았다. 그런데 어느 날 뜻밖에도 제천의 세명대학교라는 곳에 공고가 났는데 거긴 어떨까 물어오는 것이었다.

나는 일언지하에 "거기라면." 하고 대답했고 다음 날 곧바로 처와 같이 제천을 향해 차를 몰았다. 당시는 서울에서 제천에 가려면 영동고속도로로 원주까지 간 다음 거기서 국도로 제천까지 꽤 꼬불꼬불한 길을 가야 하는데 나는 이 길을 매우 사랑하고 있었다.

치악산을 따라 흐르는 맑은 시냇물이 길 한가운데를 지나치기도 하는 이 길은 여행을 좋아하던 내가 몇 손가락에 꼽을 정도로 좋아하는 길이고 이 길을 쭉 따라가면 제천과 단양, 그리고 풍기, 안동에 이르기까지 마음에 드는 고장들이 연달려 있다. 또한 치악산에서 월악산을 거쳐 소백산에 이르는 그 포근하고 아늑한 산록에 마음을 묻고 온 적이 한두 번이 아니기 때문에 나는 오래전부터 제천을 좋아하고 있었다.

세명대학교 이사장은 특이한 분이었다. 당시는 사립대학교 교수 임용에 발전 기금이니 하는 명목으로 헌납을 강요하는 게 공공연하던 때였는데 이분은 거꾸로 면접에 오는 구직자들에게 하얀 봉투에 여비를 넣어 주셨다. 나는 그때 무언가 보이지 않는 인연을 느꼈던 것 같다.

나는 처를 따라 제천으로 이사하여 내 첫 소설『무궁화 꽃이 피었습니다』를 완성했다. 제천을 지키는 용두산을 오르거나 그 아래 그윽한 호수 의림지를 거닐며 소설을 어떻게 마무리할지 고뇌하던 기억이 오롯이 떠오른다.

나는 세상 사람들에게 아름다운 도시 제천을 알리고 싶어 내가 쓰는 소설 서문의 말미에 "제천 의림지에서" 혹은 "세명대학교에서"라고 장소를 명기하곤 했다.

제천은 부근의 치악산, 도담삼봉의 고장 단양, 단종릉이 있는 영월 등 매력 있는 도시로 가는 베이스캠프 같은 곳이다. 의림지와 베론 성지 등 제천 10경과 청풍호와 금수산, 구담봉, 옥순봉 등 단양 8경, 그리고 단양의 장회나루에서 배를 타고 충주호 물길을 구름에 달 가듯 흘러 제천 청풍호에 이르는 동안 눈에 들어오는 기암절벽, 노송 등 이루 다 말할 수 없는 수려한 경관으로 가득 찬 곳이다.

또한 주변의 주천, 법흥사 계곡의 캠핑장에 이르기까지 사실 설악산이나 강릉보다 훨씬 아기자기하고 패러글라이딩, 수상스키 등 들를 곳도 많고 즐길 곳도 많은 곳이다. 최근 개설한 케이블카를 타고 산등성이를 두 개나 넘어 비봉산 정상에 이르면 사방이 탁 트인 가운데 까마득 높은 하늘이 손에 잡힐 것만도 같다.

까마득한 바위 위에 자리 잡은 고찰 정방사, 남한강을 둘러싼 그림 같은 산과 바위, 제천의 수호신과 같은 용두산, 그 옆의 까치산, 뒤의 감악산, 청풍호, 충주호, 청풍문화재단지, 맑고 시원한 물이 찰랑찰랑 넘치는 억수계곡, 송계계곡, 아무리 길게 써내려가도 아직 제천의 아름다움을 반의반도 소개하지 못하니 답답할 뿐이다.

나는 예전에는 집의 서재나 세명대학교에 있는 집필실에서 글을 쓰곤 했으나 요즘은 몇 군데 카페들을 돌아다니며 글을 쓴다. 제천에는 매력적인 카페들이 도처에 흩어져 밤하늘의 별처럼 반짝거린다. 깊숙한 산속에 온실까지 갖춘 우아한 스페인 건축 양식의 카페가 있는가 하면 의림지 주변에는 갓 구운 빵이 맛있는 카페들이 줄을 이었고 내가 사는 집에서 일 분 거리에도 자리가 한없이 넉넉한 카페가 서너 개나 있다.

나는 청전동의 한 카페에 자주 가는데 통유리로 개관이 탁 트인 데다 도서관보다 더 널찍하고 편한 이곳에서는 글 쓰는 테이블 따로, 커피 마시는 테이블 따로 점유하는 호사를 누릴 수 있다.

제천은 해발 고도가 높아 그런지 사람들이 구질구질하거나 너저분하지 않고 똑 부러진다. 한말 전국 최초로 의병이 일어난 곳이고 명성황후가 일본인들에게 화를 당했을 때는 몽둥이 하나 들고 서울로 올라갔던 의인이 살던 곳이다.

그 불굴의 전통이 이어진 탓인지 제천에서는 세계적 탐험가가 둘이나 났다. 세계 최초 3극점, 7대륙 등정의 산악인 허영호와 역시 세계 최초로 사하라 8천 6백 킬로미터를 도보로 횡단한 최종열이 그 주인공들이다.

이들만이 아니라 제천에는 산타고 길 달리는 사람이 넘쳐나니 아마도 전국에서 가장 건강한 도시일 것이다. 의림지 소나무 군락에서부터 피재골까지 펼쳐지는 초록의 향연은 보는 것만으로도 건강해진다.

수려한 경관과 전국에서 가장 깨끗한 물, 고원에 부는 바람, 일상 한가운데 늘 푸르게 떠 있는 의림지. 복잡한 서울 거리에서 어깨를 부딪치며 부초마냥 떠다니는 사람들을 볼 때면 나는 나도 모르게 한마디 건네고 싶다.

"제천을 아시나요?"

나는 왜 『고구려』를 쓰는가

　예전에 중국을 여행하던 중 자신을 역사 교사라 소개한 한 남자로부터 왜 한국의 수도 이름이 한성이 아니고 서울이냐는 항의 비슷한 걸 받은 적이 있다. 무슨 소리냐고 묻자 일제 강점기 수도명이 경성으로 바뀐 건 이해하지만 해방이 되었으면 다시 한성으로 돌아와야지 어째서 서울이라는 이상한 이름을 쓰느냐는 것이다.

　남의 나라가 수도 이름을 서울로 하든 설로 하든 무슨 상관이냐 힐난하자 이 사람은 한국은 중국의 한 자치지방이니 중국의 교과서와 지도에 있는 대로 한성을 쓰는 게 맞는다는 것이다.

　이는 시진핑이 미국 대통령을 만났을 때 한국은 중국의 속국이었다는 인식과 궤를 같이 한다.

　1392년 조선을 건국할 때 이성계는 명나라에 나라 이름을 화영과 조선 중 어떤 걸로 정할지를 물었다. 이날 이후 조선은 중국을 머리 위에 모시고 살았으니 왕과 왕비, 왕세자와 세자빈, 그리고 문무백관이 일개 내시에 불과한 중국 사신 앞에서 모두 꿇어 엎드려 중국 황제의 칙령을 받았고 의주나 평양까지 중국 사신을 영접하러 간 호조 판서는 툭하면 중국 사신에게 호된 매질을 당하곤 했던 것이다.

사상적으로도 오백 년 이상 중국의 유학에만 빠져있던 조선은 자신의 과거를 중국의 눈으로 보는데 길들여져 있고 이것은 현대에 와서도 마찬가지이다. 과거의 어떤 사실인가를 주장하는 한국 학자들의 대부분은 그 근거를 중국의 사서에서 찾는다. 한서지리지에 어떻게 나와 있고 위지동이전에 어떻게 나와 있다 주장하며 이들 사서 간 내용이 상이한 경우에는 자신이 택한 사서만이 진실이라 믿는 것이다.

특히 고구려는 700년이나 지속된 나라이지만 스스로 남긴 기록이 모두 사라지고 없다. 충주에 있는 중원고구려비와 중국의 지안에 있는 광개토대왕비가 유일하다 보니 학자들은 어쩔 수 없이 중국 기록을 보고 고구려를 이해한다. 고구려 기록이 모두 없어진 이유가 중국에 당당히 맞섰기 때문임을 감안하면 역사를 없애버린 적의 눈으로 자신의 과거를 이해해야 하는 황당무계함에서 헤어날 길이 없다.

예전 미국 의회에서 동북아를 제대로 이해하고자 한국과 중국에 고구려 관련 자료를 보내 달라 했을 때 중국이 한국의 수십 배도 넘는 자료를 보낸 것이나 심지어는 한국이 보낸 자료가 거의 중국사서 속의 기록이었던 점은 고통스럽다. 게다가 중국이 밀어붙이는 동북공정의 핵심 목표가 고구려를 자신의 역사로 둔갑시키는 데 있으니만치 앞으로 우리가 고구려를 지켜낼 수 있을지 불안하기 짝이 없다.

이런 위기의식 속에서 나는 『고구려』 집필을 시작하게 되었다. 내가 쓰는 『고구려』는 미천왕부터 고국원왕, 소수림왕, 고국양왕, 광개토대왕까지의 다섯 왕 이야기인데 사실 이는 중국의 『삼국지』와 비슷한 시대의 이야기이다.

『삼국지』의 위, 촉, 오 시대가 사마염에 의해 통일되어

진이 건국되는데 미천왕은 사마염이 삼국을 통일한 직후 즉위하였고 그간 모든 고구려왕의 꿈이던 서진에 성공함으로써 한무제가 고조선을 멸망시키고 설치한 낙랑과 현도를 몰아내고 옛 고조선을 회복한다.

기나긴 한민족의 역사에서 가장 위대한 업적을 이룩한 왕이건만 우리나라 사람 중 이 미천왕을 아는 사람은 드물다. 반면 『삼국지』를 모르는 사람을 찾기는 힘들 것이다. 유비, 관우, 장비는 물론 허드레 인물까지 완벽히 기억하는 아이들이 학교에서 '『삼국지』 인물 알아맞히기 시합'까지 하는 걸 보면 안타까운 일이 아닐 수 없다.

고구려 역사를 앗아가는 동북공정이 맹위를 떨치는 가운데 그 음모를 분쇄해야 할 주인공인 우리나라 사람들이 동시대 자신의 역사에는 캄캄한 가운데 중국의 역사를 달달 외고 있는 것이다.

나는 우리 한국인이 『삼국지』를 읽기 전에 먼저 고구려 역사를 알아야 한다는 일념에서 『고구려』를 쓰기 시작했다. 하지만 독자들에게 중국이 우리 고구려를 빼앗아 가니 억지로라도 읽어달라는 말은 정말로 하기 싫었고 깊은 고뇌 끝에 『삼국지』보다 재미있게 쓰겠다는 다짐을 독자들에게 했다.

이 다짐에 어째서 그토록 깊은 고뇌가 필요했는가 하면 『삼국지』가 워낙 오랜 기간 많은 사람들에 의해 가필된 걸 고려하면 혼자 짧은 시간 동안 과연 해낼 수 있는 일인가 하는 당연한 의심에서 헤어날 수 없었기 때문이다.

스스로에 대한 지독한 불신에서 헤어날 수 없어 집필을 포기하려 하던 밤에 언제 들어왔는지 모를 나의 장남 인서가 나를 뚫어져라 쳐다보고 있었다. 한참을 골똘히 생각하던 놈이 평소답잖게 내 손을 잡더니 나직이 말하더라.

"제가 같이 쓸게요."

그 후 지금까지 11년이 흘렀다. 『고구려』는 모두 7권이 출간되었고 앞으로 세 권이 더 남았다.

"지식은 지식 그 자체로는 우리 삶에 잘 녹아들기 어려워요. 특히 우리나라는 많은 지식과 세상을 보는 시각이 외국에서 왔거든요. 그런 점에서 우리 한국이 불행하죠. 수천 년 동안 쌓아온 지식 기반이 유교 등 비과학적인 가치에 집중돼 있었으니까요.

외국에서 가져온 지식은, 남의 것을 가져온 것이기 때문에 익숙지도 않고, 우리나라에 딱 맞지도 않아요. 가령 그동안 우리 학계에서는 '외국에서 이렇게 하고 있으니 우리도 똑같이 하자'는 식으로 무분별하게 지식을 가져왔는데요.

이러한 지식 사이에는 우리만의 사색이 있어야 했어요. 우리가 살아온, 생각해온 방식과 외국에서 들여온 지식을 녹여서 새로운 것을 만들어야 했죠. 우리 한국 사회가 지식은 있지만 이러한 사색이 부족해요. 제 소설이 새로워 보이는 이유는 아마도 우리가 알고 있는 지식들에 저의 사색이, '한국인의 시각'이 결합했기 때문이겠지요."

– 2021.01.20 〈독서신문〉에서

ⓒ독서신문

김 작가는 지구인으로 사는 인간에 대한 성찰이 필요하다고 말했다. 그는 "짐승이나 벌레는 풍족하게 오래 사는 것이 최고의 삶이지만 인간은 본능을 충족하는 것에 만족하지 않고 지능을 갖고 내가 누구이고 어디서 왔는지 등 근원적인 의문을 풀어왔다"며 "인간은 출세욕·식욕·승부욕·성욕 등 본능적 욕구를 채워 행복을 최종 목적으로 추구하는 존재가 아니다"고 말했다. 인간이 현재의 인류사를 이룬 것은 약육강식이라는 본능 이상의 가치를 추구했기 때문이라는 설명이다.

이에 김 작가는 인생의 성공은 내적인 곳에서부터 찾을 수 있다고 말했다. 그는 "세상에는 두 가지 힘이 있는데 하나는 지위·지식·재산·명성·권력·외모·인간관계·배경 등 외면의 것이고 다른 하나는 소박·검소·정직·자아실현 등 내면의 것"이라며 "외면의 것은 열심히 노력해 남보다 많이 가지면 만족스럽고 행복하다고 느끼고 적게 가지면 패자인 것처럼 느끼지만 많이 가졌다고 인생이 해결되지 않는다"고 설명했다.

김 작가는 외적인 것을 추구하는 삶은 한계가 있다고 말했다.

그는 "외면의 힘은 얻으면 얻을수록 자기 자신, 즉 자아가 점점 더 작아지고 결국 없어지게 된다"며 "반면 내면의 힘은 알게 되고 시간이 지날수록 스스로가 점점 더 강해진다"고 말했다. 이어 그는 "외면의 힘을 가진 최고 권력자나 부자 등의 모습이 완벽하지 않고 이들을 최고의 인간이라고 보지 않는 것도 이런 이유"라며 "인류 역사상 가장 현명한 사람은 본능을 넘어선 인간의 의식을 분석하는 것에 매달리며 이타주의를 실천해왔다"고 덧붙였다.

김 작가는 세상의 시각에서 벗어나고 실패를 두려워 말라고 강조했다. 그는 "재산을 얼마나 얻는지 여부보다 더 위대한 것은 나의 희생으로 우리 이웃 또는 사회·집단 등 알지도 못하는 누군가가 행복하리라는 이타적인 가치와 이상"이라며 "이런 관점에서 돈이 없고 못 배우는 것은 아무 문제가 안 된다"고 말했다.

- 2016.06.09 〈매일경제〉에서

ⓒ매일경제

"내가 쓰는 소설은 메시지가 담겨 있다. 지금 우리 사회에서 무엇이 필요한지에 대해 쓰는 것이다. 그런데 사회란 여러 사람들, 서로 다른 조직이 혼재되어 있는 곳이다. 굉장히 복잡하게 얽혀있다. 나는 그 속에서 중요하다고 생각하는 부분을 뽑아내서 글로 쓴다.

사실 정상적인 사회라면 각각의 분야에서 다루어져야 할 이야기다. 그런데 우리나라는 아직 각 분야의 문화가 서 있지 않다 보니 내가 쓰는 것들이 새롭게 느껴지는 것이다.

예를 들면, 『고구려』는 중국이 고구려 역사를 빼앗아가니까 자각을 해야 한다는 이야기고, 『천년의 금서』는 우리나라의 한이 어디서 왔는가를 다룬 것이다. 『무궁화꽃이 피었습니다』는 우리가 과거 핵개발에 어떻게 대처를 해왔고, 한반도의 핵을 두고 주변국들이 어떻게 움직이는가 하는 문제다.

모두 너무 중요한 문제다. 다른 사회 같으면 당연히 각 분야의 전문가들이 다루고 분석했을 것이다. 하지만 한국에는 아직 각 분야의 질서 정연한 문화가 없다 보니 그 일을 내가 맡게 된 것이다."

- 2013.07.02 〈채널예스〉에서

"소설은 굉장히 자유로운 글이다. 모든 걸 품을 수 있어야 한다. 한국 작가 집단과 평단이 보는 소설은 협소하다. 주된 관심사는 문체와 문학적 향기다. 여기서 문학적 향기란 권력·횡포 같은 외부 자극에 방황하고 갈등하는 주인공의 의식을 주로 다룬다는 의미다. 하지만 지금 소설 시장을 휩쓸고 있는 외국 작품들은 그것만으로 독자를 사로잡는 게 아니다. 그 안에 유머와 가치관·철학 때론 무가치관과 무철학 같은 여러 가지가 담겨 있다. 또 온갖 종류의 미디어가 발달하면서 독자가 오히려 작가보다 더 수준 높은 상황이 됐다. 독자들이 모르는 게 없다. 그들에게 천편일률적인 옛날 얘기를 하는 건 책 읽기를 따분하게 만드는 거다. 지금까지 정도의 실력과 수준으로는 독자를 움켜쥐고 갈 수 없는 상황이다."

- 2015.09.23 〈중앙일보〉에서

때로는 행복 대신 불행을 택하기도 한다

초판 1쇄 발행 | 2022년 7월 28일
초판 2쇄 발행 | 2022년 10월 12일

지은이	김진명
발행인	김인후
편집	정은진, 장혜리
디자인	김민영
마케팅	김서연
경영총괄	박영철
주소	서울시 은평구 통일로1034, 판매시설동 228호
문의전화	02-322-8999
팩스	02-322-2933
블로그	https://blog.naver.com/eta-books
발행처	이타북스
출판등록	2019년 6월 4일 제2021-000065호
이메일	eta-books@naver.com
ISBN	979-11-6776-320-4 03810